《护身符的故事》被后人称为"时间幻想小说"的开先河之作。使用时间旅行这个主题，在一百多年前，可是一个大胆的创举。整部作品写得生动有趣，即使是在今天，我们读起来也丝毫不感到陈旧乏味。

——彭懿

内斯比特
儿童幻想
小说

护身符的故事

THE STORY OF THE AMULET

〔英〕伊迪丝·内斯比特 / 著
〔英〕哈罗德·罗伯特·米勒 / 绘
刘红阳 / 译

浙江少年儿童出版社·杭州

目 录

第一章　沙精

　　很久以前，在采沙坑和矿场之间有一座白色的房子，每到暑假的时候，就有四个孩子来这里度假，他们分别是西里尔、罗伯特、安西娅和简。有一天，他们四个在沙坑里发现了一个奇怪的生物，他的眼睛长在两根长触角上，和蜗牛一样，还能像望远镜一样伸缩，他的耳朵像蝙蝠的耳朵，他那像蜘蛛一样胖胖的身体上覆盖着一层浓密的软毛，而他的四肢则像猴子一样。他说自己是沙精，而且已经非常非常老了，比任何东西都要老。他已经在沙子里被埋了千万年了，但是，他还保持着精灵的法力，这种法力可以帮助人类完成愿望。你知道，精灵都有这样的能力。西里尔、罗伯特、安西娅、简，他们四个都实现了愿望，但是，不知道怎么回事，他们的愿望总是有那么点儿差错，以至于后来都变得乱七八糟。最后，他们那些轻率的愿望使他们陷入了险境，他们只好向沙精承诺再也不会请求沙精实现他们的愿望，也不会跟其他人说起这件事，沙精才答应帮助他们脱离险境。因为，沙精再也不想帮别人实现愿望了。在分别的时候，简有礼貌地说："希望我们以后还能再相见。"

沙精听了她的话很感动，默许了这个愿望。上面讲的这个故事叫作《五个孩子和一个怪物》，它的结尾有一句话："孩子们当然又见到了沙精，这次的相会不在沙坑，在——哦，我可不能再说了……"

我当时不能多说的原因是，我也不知道孩子们到底是在哪里遇到沙精的，当然啦，我知道他们会见到沙精，因为沙精是非常信守承诺的，他说过的事情，就一定会做到，跟那些满嘴胡话的人相比要可信多了。

孩子们发现沙精的那年，他们在乡下度过了一个非常棒的假期，他们现在就期待着下次依然能有这样一个精彩的假期。寒假因为有了凤凰与魔毯的参与，也是惊喜连连，失去这两个宝物让孩子们失望极了，只好盼望着接下来的暑假。他们有理由觉得，这世界是充满奇妙事物的，因为他们仿佛有吸引奇妙事物的能量。所以，他们期盼暑假，但是，当暑假来临的时候，一切又都不一样了，变得非常非常可怕。爸爸必须出去给那烦人的报社采集新闻，而亲爱的妈妈去了马德拉群岛，因为她生病了，要去那里疗养，还把小羊宝宝带走了。艾玛姨妈突然和雷金纳德叔叔结婚了，他们一起去了中国，那是个非常遥远的地方。你的叔叔和姨妈再喜欢你，也不可能带你去那里度假。所以，孩子们就由老保姆照顾，老保姆住在菲茨罗伊街，就在大英博物馆附近。老保姆对他们特别好，甚至都有些溺爱了，但是，四个孩子还是感到很苦恼，尤其是他们的爸爸坐车离开的时候，带走了许多有趣的东西，像是装着枪和羊皮纸的箱子，还有包着全套铝质餐具的毯子。女孩子们承受不住了，互相拥抱着默默哭泣，男孩子们则安静地望着昏暗的窗外，假装自己不是那种容易哭泣的笨蛋。

我希望你明白，孩子们在爸爸离开的时候哭泣，不是因为他们懦弱，而是他们知道，如果他们不哭，爸爸会非常失望的。

孩子们吃了些虾和蔬菜，又喝了些茶，这才感觉好了一些。他们吃的蔬菜就是种在花园里的，花园里有一个盐盅，孩子们以前从来没有见过这样的容器，但是，他们这一顿茶点吃得并不开心。

喝了茶之后，安西娅跑到爸爸的房间里，当然啦，爸爸并不在里面，她又想到爸爸离自己越来越远了，离那些危险的地方越来越近，这恼人的思绪使她又小声哭了起来。她又想到了妈妈，她身体不好，还自己一个人，说不定这时候她希望有人帮她往头发上喷些古龙香水，帮她泡杯茶，想到这些，安西娅哭得更厉害了。接着，安西娅又想起来，妈妈离开那天晚上曾经说过，她是家里年纪最大的孩子，必须照顾好弟弟妹妹们。所以，她擦干眼泪，默默思考起来，然后她忍住悲伤，把脸洗干净、头发梳整齐，走下楼找到其他孩子，尽最大的努力让自己看起来不像刚哭过的样子。

她发现客厅里的气氛沉闷极了，罗伯特正轻轻揪着简的头发，他已经尽力在缓和气氛了，但是，却没起到多大作用。

"亲爱的，"安西娅说道，"我们来谈谈吧。"这句话使他们想起那一次西里尔胡乱许愿，他希望在英国出现印第安人，等愿望成真的时候，那真是一场噩梦啊！去年暑假的痛苦回忆使每个人都呻吟起来，他们还想起了那座白色的房子，还有花园里的玫瑰、紫菀花、金盏花、香甜的木樨草、柔软的文竹，有人曾经想把那里变成一座果园，但是，现在只剩一片杂草，就像爸爸说过的，这里就是"充满荆棘的五亩地，里面游荡着樱花树精"。他们想起了山谷里的景色，那里的石灰窑看起来就像阿拉丁的宫殿似的，还有他们的沙坑，沙坑边缘的黄色小草、色泽苍白的小野花、坑壁上的小洞——那是沙燕的窝。那里有一股清新、自由的空气，空气里浮动着百里香和野蔷薇的香气，还有远处农舍飘来的木柴燃烧的气味。孩子们看了看老保姆这沉闷的客厅，简开口说："哦，这真是天壤之别啊！"

是的，老保姆的房子一直都是用于出租的，一直到爸爸把他们托付给她照顾的时候。她的房间都是按照出租屋的样子设计的，这也是很奇怪的一件事情，用来出租的房子里的装饰和普通房子的装饰风格一点儿也不一样。这间房子里的窗帘是深红色的——即使是血滴上去也看不出来，窗帘上还装饰着粗糙的蕾丝。地毯是黄色和紫色的，还在奇怪的地方点缀着一些灰色和棕色的油布。壁炉里乱糟糟地堆着一些金属丝。还有一个油亮的红木梳妆台或者橱柜，上面一定会有一把坏掉的锁。还有数量过多的硬木椅子，椅子上胡乱铺着针织的坐垫，仿佛随时都会滑落。桌子上铺着绿色的桌布，桌布边上有一圈黄色的花纹。壁炉上方挂着一面镜子，不管你长成什么样子，这面镜子都会把你照得更丑。壁炉架上铺着一块红褐色的绒布，边上有一圈看起来极不相称的流苏。架子上有一座看起来像墓碑似的钟，而且它本身也像墓碑一样沉闷，好像已经忘记了该怎样转动。客厅里还有几个彩绘玻璃花瓶，但是里面从来没有花。还有那个小手鼓，从来没人去敲响它。灯座上面也是空落落的。

屋子里还有两本书，一本杂志，另一本是书评，还有一些——哦，我不想再说下去了，正如简所说，这里确实是很差劲。

"我们来谈谈吧!"安西娅又一次说道。

"谈些什么呢?"西里尔打着哈欠。

"在这破地方有什么好谈的!"罗伯特不高兴地踢着桌腿。

"我可没心思聊天。"简暴躁地说道。

安西娅努力压制住自己的怒火。

"听我说，"她说，"我不会唠唠叨叨，也不是要发火，我只是想分析一下我们的处境，就像爸爸平常做的那样。你们同意吗?"

"你继续。"西里尔兴致索然地说。

"好吧，我们都知道我们留在这里的原因，是因为住在顶层的那个学识渊博的绅士，因为有他，老保姆不能离开这座房子。爸爸也没有别的可以信任的人来照顾我们，而且找别人是要花很多钱的，妈妈又去了马德拉群岛养病。"

简愁眉苦脸地哼了一声。

"是的，我知道，"安西娅连忙说，"但是，我们应该往好处想啊。我的意思是，我们去不了花钱多的地方，但是肯定有一些地方是我们可以去的。我知道，在伦敦还是有很多地方不用花钱就能去的，我觉得我们应该出去看看，我们都是大孩子了，而且小羊宝宝也不在……"

简更用力地哼出了声。

"我的意思是，如果他不在的话，就没有人会因为他对我们说'不行'了。我认为，我们必须让老保姆知道，我们已经长大了，完全可以自己出门，不然的话，我们就一点儿机会也没有了。我建议，大家一起出去逛逛，可以先向老保姆要一些面包，我们去圣詹姆斯公园，那里有鸭子，我们可以先去喂鸭子。但是，必须让老保姆同意我们自己去才行。"

"自由万岁！"罗伯特说，"但是，她不会同意的。"

"她会同意的。"大家没想到简会这么说，"我今天早上就想过这件事情了，我还问了爸爸，他同意我们自己出去，而且，他还跟老保姆说了这件事，但是，他说我们必须告诉老保姆我们要去哪里，没问题的话，她才会同意。"

"为考虑周全的简喝彩吧！"西里尔喊着，他终于重新打起了精神，"我说，现在就走吧！"

他们就一起出发了，老保姆让他们过马路时要多加小心，遇到困难一定要向警察寻求帮助。这些孩子已经习惯过马路这件事了，因为他们在卡姆登生活过，还有肯特郡，那里的电车整天都在街上横冲直撞，好像随时都会碾到你身上。

他们向老保姆保证天黑前一定会回来，但是，现在是七月，天黑得晚，而且他们晚上睡得也很晚。

孩子们朝着圣詹姆斯公园出发了，他们的口袋里塞满了面包屑和吐司皮，那是喂鸭子用的。他们是出发了，但是却没去公园。

在菲茨罗伊街和圣詹姆斯公园之间有很多街道，而且，如果你走的方向正确的话，会经过许多商店，你一定会在这些商店门口驻足的。这些孩子就在几间商店门口停住脚步，从橱窗里看到了金色的蕾丝、珠子、宝石、裙子、帽子，还有牡蛎和龙虾。看到了这些漂亮的商品，刚才在菲茨罗伊街的难过和沉闷，似乎也都烟消云散了。

现在，好运气的罗伯特被选为了队长，因为女孩子们都觉得他适合当队长，罗伯特当然也这么认为，而西里尔也不能反对大家的决定，否则会被大家当成小气鬼的。罗伯特带着大家走到一条有趣的小巷子里，这里的商店是最好玩的，因为这里的商店都是卖小动物的。有一家商店的橱窗里塞满了各种笼子，笼子里全是漂亮的小鸟。孩子们兴奋极了，然后他们记起之前曾经许的愿望，他们希望能长出翅膀，而且愿望成真了。大家忽然失去了兴致，拥有翅膀却不能飞翔，这是多么痛苦的一件事情啊。

"作为一只生活在笼子里的鸟真是太可悲了！"西里尔说，"我们走吧！"

他们继续往前走，西里尔谋划着怎么在克朗代克当一个淘金者，赚一大笔钱，把世界上所有关在笼子里的鸟都买下，然后把它们放回自然。他们走到了一间卖小猫的商店，那里的小猫也被关在笼子里，孩子们多么希望可以有人来买走所有的小猫，把它们放在火炉边的毯子上，那里才是小猫应该待的地方啊。还有卖小狗的商店，那里的情景也是令人沮丧得很，小狗们要么是被链子拴着，要么是被关在笼子里。那些小狗全都可怜巴巴地望着四个孩子，小尾巴不停地摇着，好像在说："把我买走吧！买我吧！我可以陪着你散步！快把我买走吧！还有我可怜的兄弟！求你了！"所有的小狗都在呜呜叫着，只有一只爱尔兰犬默不作声，简过去拍拍它，它却大声咆哮起来。

"闪开，"它不屑地看着他们，似乎在说，"你们才不会买我呢，没人会这么做，我肯定会死在这里，不过那一天来得越早越好，我才不管呢！"

我不知道孩子们能不能理解这些小狗的心情，后来他们被困在城堡里的时候，或许就能明白这种心情了吧。

孩子们当然买不起小狗，他们确实问了价钱，那只最最小的狗也要六十五英镑，因为它是一只日本玩赏犬——女王的肖像画中就出现过这种小狗。但是，孩子们认为如果最小的狗要这么多钱，那大狗可能就要几千英镑了，所以，他们就走了。

接下来，他们没有在任何猫店、狗店、鸟店门前停留，最后，他们停在了一家商店门前，这家店里的动物好像不是那么令人在意，比如金鱼、小白鼠、海葵、一些其他海洋生物、蜥蜴、癞蛤蟆、刺猬、乌龟、兔子、豚鼠，等等。孩子们在这家店前面逗留了很久，用他们带来的面包喂笼子里的豚鼠，他们想知道在老保姆家的地下室是否能养一只土黄色的垂耳兔。

"我觉得老保姆不会介意的，"简说，"兔子是最乖巧的了，我觉得它会认出老保姆的声音，并且一直跟着她。"

"那她一天大概会被绊倒二十次吧，"西里尔说，"要是换条蛇……"

"这里没有蛇，"罗伯特急忙说，"我可不喜欢蛇，我也不知道为什么。"

"毛毛虫、鳝鱼、鼻涕虫也特别讨厌，"安西娅说，"我想我们大概都不喜欢没有脚的动物吧！"

"爸爸说过，蛇的脚都藏起来了。"罗伯特说。

"是的，他还说我们的尾巴也藏起来了呢，可这些都不是真的，"安西娅说，"我讨厌没有脚的动物。"

"脚太多的也很恶心，"简打了个冷战说，"比如说蜈蚣。"

他们几个站在路上不停地闲聊，给其他行人带来了不便。

西里尔正用力探着一个笼子，他们刚才挨个检查那些笼子的时候，发现这个笼子好像已经空了，这会儿他发现里面有只刺猬。西里尔试着把这只刺猬逗醒，刚才它把自己缩成了一个小球。西里尔正逗着呢，突然有一个温柔的声音响了起来，这声音十分清晰，而且完全是用英语说的。

"把我买下吧，求求你，买我吧！"

西里尔像是被针刺了一下，跳到离笼子一尺远的地方。

"哦，快回来，快回来！"那个声音又说道，比刚才的声音更大了一些，"你弯下腰，假装系鞋带的样子。"

西里尔呆呆地照做了，他单膝跪下，盯着那个黑漆漆的笼子，发现里面有一只——沙精！

沙精看起来比他们之前遇见时要瘦一些，身上脏兮兮的，所有的毛都乱蓬蓬的，身体缩成一团，看起来很难受的样子，还有他的眼睛，本来应该伸在外面的，可是现在缩得都快看不见了。

"听着，"沙精的声音听起来好像下一秒就会哭出来，他说，"我觉得，这家店的主人不会为了我开大价钱的，我之前咬过他好几次，而且我尽最大的努力使自己看起来很普通，他从来都不正眼瞧我。告诉其他人我在这里，但是，先不要让他们注意到我，不然，店主人会认为你们很喜欢我，就要趁机抬高价钱，你们就付不起了。我记得，去年夏天，你们就没有多少钱。哦，我从没想过，再次见到你们我会这么高兴，真的从没想过。"沙精吸吸鼻子，伸出他那蜗牛一样的眼睛，流下了几滴眼泪，"去告诉其他人我在这儿，然后，我再仔细告诉你怎么把我买下来。"西里尔把鞋带系成死结，站起来跟大家说："大家听我说，我不是在开玩笑，我发誓，你们现在不要看那个笼子了，看那只白鼠，不管我说什么，你们都不要看。"

西里尔站在那个笼子前面，以防大家会忍不住好奇心。

"你们可要准备好迎接大惊喜了，那个笼子里有我们的一个老朋友——别看！是的，是沙精，就是那只沙精！他希望我们把他买下，他说你们现在不能看着他，去看看那只白鼠，然后数数身上有多少钱。你们得发誓，不会看他！"

其他人都庄重地发誓，然后就紧紧盯着那只白鼠，那只白鼠被他们盯得略显紧张，它坐在远处的角落里，用前爪捂住眼睛，假装在洗脸的样子。

西里尔又弯下腰来，假装系另一边的鞋带，仔细地听沙精新的指示。

"你走进去，"沙精说，"先问问其他动物的价钱，然后说：'那只没尾巴的猴子多少钱，就是倒数第三个笼子里那个脏兮兮的老家伙？'哦，你不用在意我的感受，就说脏猴子，我费了好大劲才装成这个样子，我觉得他不会要太高的价钱，我从前天开始，已经咬了他十一次了。如果你还是付不起的话，你就许愿说你希望能有那么多钱。"

西里尔困惑地说："但是，你不能满足我们的愿望，我承诺过再也不向你许愿的。"

"别傻了，"沙精感动得声音有些发颤，"快去看看你们现在有多少钱，然后照我说的去做。"

西里尔指着那只白鼠，假装被它可爱的模样迷住了，然后向其他人解释了事情的经过，而沙精呢，继续把自己缩成一团，尽力把自己伪装成毫不起眼的动物。然后，四个孩子一起走进商店。

"那只白鼠多少钱？"西里尔问道。

"八便士。"店主答道。

"那豚鼠呢？"

"十八便士到五先令不等，品种不一样价格也不一样。"

"蜥蜴呢？"

"九便士一条。"

"癞蛤蟆?"

"四便士。喂，你们给我听好了，"那个店主人突然大喊起来，笼子里的那些动物都被吓得躲到笼子后面，"好好听我说，小家伙们，我非常不喜欢你们的行为，随随便便跑进我的店里，把每个动物的价钱都问个遍，就为了好玩吗? 想都别想! 如果你想买东西，就好好地买! 从来没有哪个顾客到我这里，想把老鼠、蜥蜴、癞蛤蟆和豚鼠买个遍! 不买就快滚!"

西里尔只是按照沙精的指示行事，没想到会是这样的结果，他害怕地说："哦! 等一下! 我再问最后一个，倒数第三个笼子里那只脏猴子，多少钱?"

店主仿佛受到了极大的侮辱，他说："你才是只脏猴子，带上你那红脸蛋，快给我滚吧!"

"哦，您别生气了，"简有些手足无措，她说，"您难道看不出他有多想买那个东西吗?"

店主轻蔑地说："嗬，他确实挺想要的。"接着他抓抓耳朵，露出怀疑的神色。他可是个精明的商人，真假一下就能分辨出来。他的手缠着绷带，三分钟之前，他还想着那只"脏猴子"要是能卖十个先令就心满意足了，但是现在——"确实确实，"他说，"你得花上两英镑又十先令才行，这个动物不是这里的物种，整个伦敦也只有这一只。两英镑又十先令，买就拿钱，不买就滚!"

孩子们互相看了看，他们总共只有二十三先令五便士，其中那二十先令还是爸爸临走的时候给他们的。

"我们只有二十三先令五便士。"西里尔说着晃了晃口袋里的钱。

"二十三先令还好意思说!"店主根本不相信他们会有这么多钱。

气氛突然冷了下来,安西娅想起了什么,说道:"哦!真希望我能有两英镑十先令啊!"

"我也希望,小姐,真的。"店主略带苦涩地说,"我真希望你能有两英镑十先令!"

安西娅的手放在柜台上,好像有什么东西滑到她手底下,她抬起手,下面出现了五个闪亮的硬币。

"哦,我得到了,"安西娅说,"这是钱,我们现在可以买下沙……我是说那猴子了吧。"

店主瞪大眼睛看着那些钱,然后匆忙扫进自己的口袋。

"我希望你们这些钱都是清白的。"店主耸耸肩,又抓了抓耳朵,"好吧!我看我只能让你们把这家伙带走了,但是你们花这么多钱绝对不亏,所以……"

店主慢慢走过去,小心翼翼地打开笼子,然后猛地抓住沙精,但还是被沙精咬了一大口。

"快,把这畜生带走!"店主紧紧抓住沙精,都快把他捏死了,"这家伙把我的骨头咬断了,快点!"

安西娅伸出手时,店主睁开眼睛。

"要是这畜生把你的脸咬破，可别怪我！"他说。沙精从他脏兮兮的手上跳出来，安西娅马上接下他，轻轻地把他抱在手里。

"不过，你不能就这样带着他回家，"西里尔说，"会有一堆人跟着我们的。"西里尔话音没落，就已经有一个警察和两个小男孩围了过来。

"我只能给你们一个纸袋子，就像装乌龟的那种袋子。"店主不大情愿地说。

孩子们又走进商店，店主找到最大的纸袋子递给安西娅，当他看到安西娅摊开手掌，沙精听话地慢慢爬进袋子里，他的眼珠子都快掉出来了。"我的天！"他说，"这还是那只畜生吗？你们以前绝对见过！"

"没错！"西里尔高兴地说，"他是我们的一个老朋友！"

孩子们拿着袋子出去了。"我要是知道这件事的话，"店主说道，"你们花两倍的价钱，我也不卖！"他又说，"好在我也不亏，我买那家伙才花了五先令，不过，还得算上我被咬的伤口！"

孩子们激动兴奋得手微微颤抖着，而沙精在纸袋子里，也微微颤抖。

当他们回到家里，安西娅小心照料着沙精，要不是记着沙精讨厌水，她一定会哭出来。

沙精慢慢恢复体力，他说："给我沙子，最好的细沙，我需要很多。"

孩子们拿来了细沙,把沙子和沙精一起放到盆子里,沙精在沙子里滚来滚去,不断地把沙子搓到身上再抖掉,细细梳理着身上的毛发,直到他觉得自己已经干净了,然后在沙子里挖了一个坑,躺进去开始呼呼大睡。

孩子们把这个盆子藏在女孩儿们的床底下,然后去吃晚饭。老保姆给他们准备了好吃的黄油面包和炸洋葱。她可是花了不少心思要照顾好他们。

第二天早上,安西娅起床后,发现沙精舒服地躺在她和简的中间。

"你们救了我的命,"他说,"我知道,那个店主总有一天会用冷水泼我,那我就必死无疑了。昨天早上我就看见他把水浇到豚鼠的笼子上了。我现在还是很困,我想我一会儿还得回沙子里睡一觉。把男孩子们叫醒,还有简这个瞌睡虫,你们吃完早饭后,我们一起好好聊聊。"

"你不吃早饭吗?"安西娅问道。

"我现在就去吃上一口,"沙精说,"不过,我有沙子就够了,沙子对我来说就是食物和水,是取暖的火焰,是我的家人。"说着他就顺着床单爬下去,回到盆子里,钻回沙里睡觉去了。

"好!"安西娅说,"现在我们的假期总算不会无聊了,我们又找到了沙精。"

简也起来了，穿上袜子后说："好吧！我们可不要忘了，他现在满足不了我们的任何愿望，和一般的宠物狗也没什么区别。"

"哦，别这么说。"安西娅说，"就算满足不了我们的愿望，他还能给我们讲很多有趣的事情。"

第二章

半个护身符

　　很久以前——也就是去年夏天——沙精虽然实现了孩子们
的愿望，但是最后孩子们却陷入了窘境，他们希望仆人们不要
注意到沙精，但是结果弄得他们很狼狈。当他们和沙精分别的
时候，他们最后的愿望就是能够再次遇到他。所以，他们又相
遇了。罗伯特说了，这对沙精来说是十分幸运的事情。沙精现
在出现在这里是因为孩子们的愿望，也是沙精的愿望，而且，
不会被仆人们发现。在沙精看来，老保姆还是一个仆人，尽管
她现在有了自己的房子，老保姆至今也没有发现沙精的存在。
而且，老保姆也绝不会允许女孩子们在床底下放一盆沙子去养
什么动物。

　　大家吃完了早饭。今天的早饭特别好，老保姆准备了好吃
的面包卷。安西娅回到屋子里，把盆子拉出来，叫醒了沙精。

　　沙精伸了个懒腰，抖落身上的沙子。

　　"你们吃得也太快了吧，这可对健康不好。"他说，"用了不

到五分钟吧?"

"我们吃了快一个小时了，"安西娅说，"来吧，你说过要跟我们好好聊聊的。"

沙精靠坐在沙子上，突然伸出了他的眼睛："好的，就按说好的来，为了避免误解，我就直说了……"

安西娅恳求道："哦，求你！等人齐了再说，不然他们肯定会觉得我是个卑鄙小人，我们下楼，用不了多长时间的。"

安西娅跪在盆子前，伸出胳膊，她一定是想起了沙精昨天跳上这样的小胳膊是多么惬意。沙精不情愿地咕哝一声，跳了上去。

安西娅把他包在围裙里带到楼下，不过欢迎他的只有一片可怕的沉默，最后，安西娅说："现在好了！"

沙精伸出眼睛慢慢打量着四周，问道："这是什么地方？"

"这是客厅啊！"罗伯特说。

"我不喜欢这里。"沙精说。

"没关系，"安西娅爽快地说，"你喜欢哪里我们就去哪里，你刚才在楼上说有事和我们聊，是什么事啊？"

沙精盯着她看，安西娅都有些脸红了。

"别傻了，"沙精尖厉地说，"当然啦，你自然是希望你的兄弟姐妹们知道，你是多么善良和无私。"

简说："安西娅没有错，你到底要说什么？"

沙精说："既然你们这么想知道，那我就来告诉你们。我想说，你们救了我的命，我也不是忘恩负义的家伙，但是这并没有改变我们任何人的本质。你们依然是那么无知，甚至可以说蠢得要命，而我比你们所有人加起来都要好。"

"你当然好啦!"安西娅还没说完，沙精就打断了她。

"插话是非常不礼貌的，"他说，"我的意思是，我不会容忍任何的胡言乱语，如果你们觉得救了我就能把我当成宠物，或者让我放下尊严供你们取乐，那你们会发现，这种想法大错特错，知道吗?我的想法才重要。"

"我知道，"西里尔说，"一直都是如此啊!"

沙精说:"很好，那就这么说定了，我们还是各有所得，我拥有你们的尊重，而你们——我还是不说了，不然显得太无礼了。你们想知道我是怎么沦落到那种地方的吗?哦，我也不是记仇!我就是忘不掉，而且会永远记着。"

"给我们讲讲吧!"安西娅说，"我知道，你是那么聪明，但是，即使你已经这么聪明了，我还是觉得你可能不会知道，我们有多么尊重你，你们说呢?"

其他人纷纷表示赞同，并且在座位上显得有些局促不安。罗伯特说出了大家的希望:"我真的希望你能讲给我们听。"所以，沙精坐在铺着绿色桌布的桌子上，继续讲了起来。

"你们走了之后，"他说，"我钻进沙子里小睡片刻，我为了处理你们那些愚蠢的愿望，已经疲乏到极点了，感觉好像有一年都没回过沙子里了。"

"回沙子里?"简又说了一遍。

"就是我睡觉的地方,你们睡在床上,我睡在沙子里。"

简打了个哈欠,一提到床她就觉得困了。

沙精生气地说:"嗯,我保证不会讲个没完。一个男人抓住了我,我咬了他。然后,他把我放进一个包里,那里面还有两只已经咽气的兔子。紧接着,他把我带回家,把我从包里拿出来,扔进一个篮子里,我又咬了他。再后来,他就把我带到了这座城市,我听说这里叫现代巴比伦,尽管这里和古巴比伦一点儿也不像。他把我卖给那个店主,接着我把他们两个都咬了。我的故事就是这些,你们的呢?"

"我们的故事就没这么有趣了,"西里尔遗憾地说,"事实上,可以说是很无聊的。爸爸出差了,妈妈和小羊宝宝去了马德拉群岛,因为她生病了要疗养,我多么希望他们都能平安地在家。"

沙精习惯性地开始鼓胀起来,准备施展魔力,但是,他突然停住了。

"我忘记了,"他说,"我再也不能实现你们的愿望了。"

"没……等等,"西里尔说,"我们要不要把老保姆叫过来,让她说希望爸爸妈妈平安在家,我敢肯定她的愿望可以实现。"

"行不通的,"沙精说,"就算是别人说出你的愿望,跟你自己说出来没什么区别,一点作用也没有。"

"但是,昨天在商店还行的啊。"罗伯特说。

"啊，是的，"沙精说，"但是你没有让他许愿，你也不知道事情到底会发展成什么样子。相同的情况不会发生第二次，已经失去作用了。"

　　"那就是说，你一点儿忙也帮不上了。"简说，"哦，我以为你能做些什么呢。从昨天我们救了你之后，我就一直在想这件事，我以为你一定可以把爸爸带回来，就算暂时不能带回妈妈也可以。"

　　简开始哭了起来。

　　"别这样，"沙精急忙说，"你知道，你一哭我就难受，我会感到不安的。听我说，你们必须去找一些新的法宝。"

　　"说得倒是轻巧。"

　　"一点儿也不难，"沙精说，"就在离你们昨天买下我的商店不远的地方，就有一股强大的魔力。那个被我咬了的男人——我说的是第一个——走进一家商店，想买些东西，我觉得他好像要买一架六角手风琴。他跟店主交谈的时候，我注意到一个盘子里有件法宝，它跟其他一些东西放在一起。如果你们能把那件法宝买下，你们就能重新实现愿望了。"

　　孩子们互相看了看，最后都盯着沙精。西里尔不自然地咳嗽了一声，说出了大家都在想的事情。

　　"我希望你没有骗我们，"他说，"但是，你原来给我们实现的愿望，总是让我们陷入一些麻烦，而且，我们曾经以为，要是看不到我们惹上麻烦，你还会不高兴。现在，你说的这件法宝，我们也不知道怎么去得到它，如果最终我们把事情搞砸了……嗯，我想你知道我的意思，对吗？"

"我知道，你们的眼光就是这么短浅，"沙精生气地说，"听我说，我曾经确实满足过你们的愿望，而且在某种程度上来说，结果都非常不好，那是因为，你们不知道什么样的愿望是对自己有好处的。但是，这件法宝是完全不同的。我没必要为你们做那么多事情，把有关法宝的事情告诉你们也完全是出于善心，所以，这次一定没问题，明白了吗？"

"别生气，"安西娅说，"拜托了，千万别生气。你看，我们只有这么点钱。爸爸不在家，所以没人会给我们零用钱，除非他把钱寄给我们。我们大家都相信你，你说什么我们都信，为了让爸爸妈妈安全回家，即使是最渺茫的机会，我们也要尝试啊，花这点儿钱又算什么？好好想想吧，我们会照做！"

"你们随意，跟我又没什么关系，"沙精说，"我要回沙子里了，你们决定好了再叫我。"

"别，等一下！"大家齐声说。简接着说道："我们都决定了，你没有看出来吗？我们出发吧，你和我们一起去吗？"

"当然了，"沙精说，"不然你们怎么找得到那家商店？"

大家都穿戴好，用一个篮子把沙精装好，孩子们轮流提着。

"他还没有小羊宝宝一半重。"罗伯特说，而女孩子们却都在叹气。

沙精偶尔会小心翼翼地把一只眼睛伸到篮子外面，告诉孩

子们该在哪个路口转弯。

"你究竟是怎么知道的?"罗伯特问,"我实在是想不通。"

沙精直接说:"当然,你肯定是想不通的。"

终于,他们到了那家商店。橱窗里摆着各式各样的商品——六角手风琴、丝巾、陶瓷花瓶、瓷杯、蓝色日本杯、烟斗、宝剑、花边领、银勺子,还有装在红色漆盒里的结婚戒指、军官的肩章、医生的手术刀,镶嵌着黄铜和红色玳瑁壳的茶叶罐,许多好看的盘子。里面有一幅画,画上是一个小女孩给小狗洗澡,简特别喜欢这幅画。橱窗中间是一个脏兮兮的银盘子,上面堆着珍珠记牌器、旧的印章、玻璃扣子、鼻烟壶,都是些零零碎碎的小东西。

沙精从篮子里探出头来,仔细看着橱窗里的东西,这时,西里尔说:"那里有个装着杂物的盘子。"

沙精好像看到了什么东西,他的眼睛伸到了极限,像针尖那么细,他身上的毛都竖了起来,声音也因为兴奋而略显沙哑,他轻声说:

"就是它!就是它!在那里,在蓝黄相间的皮带扣下面,红色的,稍微露出来一点的,你们看见了吗?"

"是那个像马蹄铁一样的东西吗?"西里尔问,"红色的,就像封蜡一样?"

"对,就是那个。"沙精说,"现在,你像上次一样去问问其他东西的价格,那个皮带扣就可以,然后店主就会把银盘子从橱窗里拿出来。"沙精转向安西娅，"我希望你也一起去，我和其他人在外面等你们。"

于是其他人站在橱窗外焦急地望着里面，鼻子都在玻璃上压扁了，这时，一只脏脏的大手从帘子后面伸过来，指头短短的，戴着一个巨大的钻石戒指，把银盘子拿走了。

他们看不到里面发生了什么，时间慢慢过去了，他们觉得安西娅要是带够钱，都能买下这家店了。终于，安西娅站到他们面前，她面带笑容，西里尔说，那件法宝就在她的手里。

那个东西看起来亮闪闪的，像是用一块红色光滑的石头做成的。

安西娅伸出手给其他人看了一眼，小声说："我拿到它了，我们快回家吧，在大街上太显眼了。"

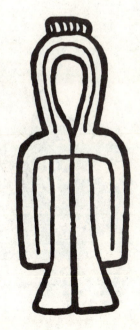

于是，他们一起回到家里，菲茨罗伊街的客厅对于魔法来说有点太平淡了。或许在乡下的花花草草之间，任何神奇的事情都显得理所当然。很难想象，在托特纳姆考特路附近会发生这么神奇的事情。但是，沙精就在这里，他本身就够神奇了，而且他还会说话，还告诉了孩子们在哪里可以买到法宝。所以，四个孩子赶忙跑回家，嘴巴抿得紧紧的，步子迈得老大。他们跑得太快了，沙精被颠得够呛，但是他什么也没说，可能是怕引起别人的注意吧。

他们终于到家了，跑得气喘吁吁的，他们把沙精放到绿色的桌布上。

"开始吧！"西里尔说。

但是，沙精急需一盘沙子，他都快晕过去了。等沙精缓过来，他说："现在！让我看看那件宝物！"

安西娅把宝物放到桌子上，沙精伸出眼睛仔细看了看，然后又看向安西娅，满是责备地说："怎么只有半个!"

这可真是晴天霹雳。

安西娅有点害怕，但是她知道自己没有错，所以语气很坚定："店里就只有这个。"

沙精说："应该还有另外一半，用别针能把两块连在一起。"

"有一半不好吗?"

"没有另一半不行吗?"

"我们花了不少钱呢。"

"哦，好麻烦，好麻烦!"

"别傻了，笨蛋!"

一时间客厅里一片嘈杂。

然后，大家都沉默了。

西里尔打破沉默："我们该怎么办?"

"再去商店看看有没有另外一半，"沙精说，"我必须回沙子里了，你们回来再叫我。加油吧! 你们买下这一半已经很好了，不过要是找不到另一半，也是个大麻烦。"

所以，西里尔又去了那家商店，沙精则回到沙子里。晚饭已经好了，其他三个孩子去吃晚饭了，西里尔没去吃晚饭，老保姆为此还生气了。

西里尔回来的时候，其他三个孩子都趴在窗口等着他，用不着看到他的脸，从他垂头丧气的样子，很容易就能猜出来他没有完成任务。

"怎么样?"其他人都期待满满地跑来问。

"没买到,"西里尔答道,"店主说那个东西就是完整的,他说,那是女式的罗马吊坠,还说要是什么都不懂就不要买古董,他后来就不搭理我了,因为我也不买东西,他可不想跟我多废话,他真是讨厌,我不想说了,我要吃饭。"

很明显,西里尔心情糟透了。

发生了这么不愉快的事情,客厅里的气氛瞬间凝重起来。西里尔吃着晚饭,当他刚刚吞下最后一口苹果布丁的时候,就听见有人在挠门,安西娅打开门,沙精走了进来。

沙精听到这个消息之后,说:"好吧,事情可能会更糟糕。如果你们得到另一半之前经历几次冒险,就不会觉得惊讶了。你们自然是想得到它的,对吧?"

"当然了,"大家答道,"我们不介意什么冒险。"

"不,"沙精说,"我了解你们,现在,大家坐下仔细听我说,必须听仔细了!好,注意了,我不会重复第二遍的。"

孩子们在地上坐好,这比坐在凳子上舒服多了,而且似乎也对沙精更礼貌一些,沙精在壁炉前的地毯上捋着胡须。一阵冰冷的刺痛突然击中安西娅的心脏,爸爸、妈妈和小羊宝宝都在那么远的地方,慢慢地她又不觉得那么难受了,沙精就在这里,还有那半个宝物,他们即将要踏上冒险旅程。(如果你不知道那冰冷的刺痛是什么,我由衷地为你感到高兴,希望你永远都不知道。)

沙精愉快地说："现在，你们虽然不够特别，也不够聪明，而且长得也不是很美。但是，你们救了我的命，哦，我又想起了那个男人，还有他的水桶！所以，我要把我所知道的都告诉你们，哦，我知道的太多了，也不可能全告诉你们。有关这个红色东西的事情，我会都告诉你们的。"

"好的！好的！都告诉我们吧！"大家嚷起来。

"嗯，"沙精说，"这东西是一个护身符的一半，那个护身符可以做所有的事情，可以让玉米成熟，让水流出来，让树上长满果实，让美丽的小婴儿降生。"沙精停了一下，又说，"小婴儿不一定有多美，而是他们的妈妈觉得他们美丽罢了，人们都愿意去相信自己内心的想法。"

罗伯特打了个哈欠。

沙精继续说："完整的护身符能够帮助人们避开那些令他们不快乐的事物，比如说，嫉妒心、坏脾气、傲慢、贪婪、自私、懒惰。人们把这些坏情绪称为恶魔。你们难道不觉得，护身符制成之后，如果能拥有它将是多么美好的一件事情啊！"

"还不错。"孩子们显出没多大兴趣的样子。

"它还能给你力量与勇气。"

"这还不赖。"西里尔说。

"还有美德。"

"我觉得这个不错。"简说，但是她明显对美德没什么热情。

"还能满足你的愿望。"

"终于说到重点了！"罗伯特说。

"当然，"沙精尖锐地反驳，"不过，重点对你也没什么用。"

"能满足愿望对我来说就足够了。"西里尔说。

安西娅说："是啊，但是，有了完整的护身符才能完成这些事，我们只有半个啊，肯定也能有一些作用吧，对吗？"她看着沙精，沙精点点头。

"没错，"沙精说，"一半的护身符能够带你去寻找另一半。"

这听起来似乎是个不错的主意，罗伯特问："它知道该去哪里找吗？"

沙精摇摇头，说："我觉得它不知道。"

"真的吗？"

"是的。"

"那么，"罗伯特说，"我们就像大海捞针一样，这太难了！"

"一点也不难，"沙精干脆地说，"你觉得自己知道的很多，其实你什么也不知道，现在最主要的就是让这个东西开口说话。"

"它能说话？"简有些怀疑，她提出怀疑也不是因为她觉得护身符不能说话，而是因为客厅里的一切似乎都因为魔力在发光，空气里好像腾起一团雾气。

"当然可以，我以为你们耳朵没问题呢。"

"本来就没问题。"孩子们感到很受伤。

"那好，你们需要做的就是把护身符上写的名字读出来，只要你们大声读出这个家伙的名字，那么，它就有能力做一些事情。"

片刻的沉默之后，孩子们互相传递着这个红色的护身符。

"上面没有名字啊。"西里尔最后说。

"胡说！"沙精说，"那是什么？"

"哦，是这个啊！"西里尔说，"这也不是字啊，像是画着小鸡和蛇的图画。"

护身符上就是画着一幅画。

"我真是受够你们了，"沙精说，"如果你们不认识，就去找个认识的人，神父怎么样？"

"我们不认识什么神父，"安西娅说，"我们知道一个牧师，不过，在祈祷书上他被叫作神父，但是，他只知道希腊语、拉丁语和希伯来语，而这幅图很明显跟那些语言没什么关系。"

沙精生气地跺了跺他毛茸茸的脚。

"我真希望自己从来都没见过你们！"沙精说，"你们跟那些石像有什么区别！要我说，你们还不如石像呢！你们这里就没有哪个聪明人能看懂这些字吗？"

"楼上有一个穷学者，"安西娅说，"我们去问问他，他房间里有许多石像、铁块之类的东西，我们有一次趁他不在偷偷看到的。老保姆说他的饭量很小，比金丝雀吃的还要少，他大部分时间都花在那些石像上了。"

"去问问他吧，"沙精说，"但是你们要小心，如果他知道的太多，反过来对付你们，那你们的护身符就没用了。你们先赞扬他一番，然后再向他寻求帮助。哦，你们最好一起去，顺便上楼把我放回沙子里，我又需要休息了。"

于是，四个孩子匆忙洗了洗手，梳了梳头发，这是安西娅让大家这么做的。然后，他们上楼去敲穷学者的门，接着准备像沙精说的那样，去赞扬他一番。

过去的事

第三章

　　穷学者的晚饭都放冷了，他的晚饭是羊排，上面的肉汁都凝固了，变成了白色，堆在盘子上就像是冰上的一座孤岛一样，看着就让人没什么食欲。孩子们轻轻敲了三下门，但是没人回应，其中一个鼓起勇气转动门把手，轻轻打开了门，而这块羊排就是孩子们看到的第一件东西。房间里有一张长桌子，从房间另一头延伸到门边，这块羊排就放在长桌子的边上。这张桌子上堆满了雕像和奇形怪状的石头，还有许多的书。后面墙上有一些玻璃盒子，里面装着许多奇怪的小东西，看起来就像珠宝店展示珠宝的玻璃盒子一样。

　　穷学者坐在窗户边，用镊子举着什么东西在仔细观察，他的一只眼睛上戴着一个放大镜似的东西，孩子们看着他的样子，想到了钟表匠，还有沙精那长长的眼睛。穷学者瘦瘦高高的，单薄的长靴从桌子另一边伸出来，他没有听到开门的声音，孩子们犹豫地站在那里。罗伯特推动了一扇门，大家都朝后倒退了几步，这是镶嵌在墙上的一道暗门，后面藏着一个特别大的木乃伊棺材，上面涂着红色、黄色、绿色和黑色，而棺材盖上那个人头似乎正生气地望着他们几个。

你们应该知道木乃伊棺材的样子，对吧？如果你不知道，快去查一查。总之，你不会想到在布鲁姆斯伯里区的公寓顶层见到这种东西，而且，那人头还摆出一副想要知道你来做什么的表情。

所以，孩子们大叫起来，着急地要跑出去，顿时屋子里嘈杂一片。

穷学者摘下眼睛上的镜片，说："不好意思。"他的声音轻柔，听起来像牛津来的绅士。

"该道歉的是我们，"西里尔有礼貌地说，"很抱歉打扰了您。"

"进来吧，我很高兴能见到你们，你们坐吧！不，别坐那儿，请允许我挪一下这些草纸。"穷学者边说边站了起来。安西娅默默对自己说，他真是太彬彬有礼了。

他把椅子擦干净，微笑着站在旁边，目光亲切地望着他们。

"他把我们当成年人一样对待，"罗伯特轻声说，"而且，他好像不知道我们有几个人。"

"嘘，"安西娅说，"小声议论别人是不礼貌的，西里尔，你去说，快去。"

"很抱歉打扰到您，"西里尔礼貌地说，"但是，我们刚才敲了三次门，您也没有说'请进'或者'走开'，或者您刚才有什么烦心事，不忙的时候就会给我们开门了，我们最后还是没有经过您的同意就把门打开了。我们知道您就在屋子里，因为我们在门外等的时候，听到您打喷嚏了。"

"没关系，"穷学者说，"请坐吧。"

"他发现我们是四个人了。"罗伯特说，因为穷学者又擦了三把椅子，还小心翼翼地把椅子上的东西放到地上。第一把椅子上有一些像砖头似的东西，上面有一些细小的痕迹，像是砖头还没成型之前有小鸟在上面走过。第二把椅子上有一些圆圆的东西，像是非常大的白色珠子。最后一把椅子上是一堆布满灰尘的纸。孩子们都坐到了椅子上。

"我们知道您学识渊博，"西里尔说，"我们有一个护身符，希望您能帮助我们读出上面的字，因为它既不是拉丁语也不是希腊语，也不像希伯来语，是一种我们都不熟悉的文字。"

穷学者斯文地说："即使对这些文字都了解透彻，也只是建立教育公平的基础。"

"哦！"西里尔脸红了，接着说，"我们只会看，除了拉丁语——拉丁语我也只知道'恺撒'这个词。"穷学者摘下眼镜笑了起来，西里尔觉得他的笑声仿佛生锈了一般，听起来就像他很久都没有笑过了似的。

"当然啦！"他说，"我相信你说的话，我想我大概在做梦吧！你们就是住在楼下的那些孩子，是吧？对，我见过你们。你们认为自己找到了一个古董，想拿过来让我看看？真是太贴心了，我可要好好鉴别鉴别。"

安西娅坦诚地说："我们还怕您不愿意看呢，它是我们的小秘密，我们想知道上面写的名字。"

"哦，对，嗯，我说……"罗伯特突然插话道，"如果我们先来请教您，您就不会觉得我们是冒失鬼了，因为，怎么说来着？"

"因为我们尊敬您，您又是那么博学。"

"恐怕我不太懂你们的意思。"穷学者显得有些紧张。

"嗯，是这样的，"西里尔说，"我们得到了一部分护身符，而且，沙……我是说，有人告诉我们这个护身符的魔力非常强大，即使只是一半，如果我们不能读出上面的名字，那么它就无法起作用。当然啦，如果您拥有另外一半的名字，能够对付我们，那我们的护身符就没有用了。所以，我们希望能得到您的承诺，不过，我现在见到您了，我确定您不做承诺也完全没问题；但是，我答应了别人，所以还是请您做出承诺。能否请您以您的名誉承诺，您不会说出比我们的护身符魔力更强大的名字？"

穷学者又戴上眼镜，仔细地瞧着西里尔，他说："老天！谁跟你说的这些话？"

"我不能告诉你，"西里尔说，"很抱歉。"

此时，穷学者一定是想起了自己的童年时光，他笑了："我明白了，这是你们玩的某种游戏，对吧？没错，一定是这样！好，我当然会做出承诺！但是，我还是想知道，你是怎么听说有关这件宝物名字的事的？"

西里尔说："这我们也不能说。"

安西娅也开口道："这是我们的护身符。"说着拿出护身符。

穷学者出于礼貌，接过护身符，但是好像没什么兴趣。看过一眼之后，他突然就浑身僵硬，好像猎犬看到山鸡一样。

"不好意思，失陪。"他的声音都变了。他拿着护身符走到窗边，慢慢转动着、仔细地看着。他把放大镜固定到眼睛上，又观察起来。没有人说话，只有罗伯特用脚蹭着地板弄出些响动，安西娅推推他，让他保持安静。最终，穷学者深深吸了一口气。

"你们在哪里找到它的?"他问。

"不是我们找到的，我们是在商店里买下它的。那家店叫雅各布·阿布索伦，离查林十字街不远。"西里尔说。

"我们花了七先令六便士。"简补充道。

"我猜这东西是非卖品。你们要留着它吗？我可以告诉你们，它非常宝贵，是无价之宝！"

"没错，"西里尔说，"我们知道，所以我们当然想要留着它。"

"那你们可要小心保管好，"穷学者说，"如果你们哪天不想要了，可不可以考虑先卖给我？"

"卖给你？"

"是的，不要卖给别人，先让我来出价，好吗？"

"好吧，"西里尔说，"我们会的，但是，我们不想卖掉它，我们还要好好使用它呢。"

"我猜你们也就是拿着玩一玩吧，"穷学者说，"但是，我怕这东西已经没有魔力了。"

"不可能，"安西娅真诚地说，"如果我给您讲我们去年暑假都做了些什么，您就不会这么说了，只不过我不能说。非常感谢您，您能读出上面的名字吗？"

"我可以读出来。"

"能告诉我们吗？"

穷学者说："名字吗？是乌尔·赫卡乌·赛驰。"

"乌尔·赫卡乌·赛驰。"西里尔重复了一遍，"非常感谢您，希望我们没有浪费您太多时间。"

"没关系，"穷学者说，"我还想恳求你们，一定要非常非常小心地对待那件宝物。"

孩子们用他们认为最有礼貌的方式向穷学者道了谢，然后一个接一个走出了房间，跑到楼下去了。安西娅是最后一个走出去的，她在楼梯上走到一半，又突然转身返了回去。

那扇门还开着，穷学者面对着那个木乃伊棺材站着，好像他们就这样站了很久。

安西娅过去碰了碰穷学者的胳膊，他才动了一下。

"我希望您不要生气，也不要嫌我多管闲事，"安西娅说，"但是，您看您都瘦成什么样了！您不觉得自己应该多吃点儿东西吗？我爸爸有时候也会因为写东西而忘了吃饭，妈妈告诉我，如果她不在家，我就一定要提醒他吃饭，因为如果吃饭不规律，会对身体不好的。所以，我觉得您不会介意我说的这些话，因为好像没有别人会提醒您了。"

她瞟了一眼木乃伊棺材，里面的东西看起来也不像会提醒别人该吃饭了。

穷学者盯着她看了一会儿，说："谢谢你，小朋友，你真是太体贴了。确实，没有人会提醒我吃饭的事情。"

他叹了口气，看了看那块羊排。

"它看起来就很难吃。"安西娅说。

"是的，"穷学者说，"是不怎么好看，但是，趁我还记得，我会立刻吃掉的。"

他边吃边叹气，或许是因为羊排很难吃，或许是因为他想要那件宝物，而孩子们不肯卖给他，又或许是因为已经很久没有人关心他有没有吃饭了。

安西娅下楼和其他人碰面，他们把沙精叫醒，沙精告诉他们如何正确使用这个有魔力的名字，如何让护身符说话，这里就不详细描述了，以防你们也要模仿。你们的任何尝试最终只会让你们感到失望。因为，你们得到这种宝物的概率是微乎其微的，即使你们得到了，你们又是否能找到像穷学者这样博学又善良的人来帮助你们呢？

孩子们和沙精聚在女孩的房间里，在地板上围成一圈，护身符放在中间。为什么不在客厅里？因为在那儿老保姆会时不时地打扰他们。

屋外阳光灿烂，房间里也很明亮，窗外传来人们的交谈声，孩子们甚至能听到街道上卖牛奶人的叫卖声。

一切都准备好了，沙精示意安西娅读出名字，她照做了。整个世界的光似乎都在一瞬间熄灭了，房间里漆黑一片，外面也是伸手不见五指，比他们见过的最漆黑的夜晚还要黑上几倍。所有的声音都消失了，周围安静得超出你的想象，好像你突然变得又聋又瞎。

孩子们惊呆了，但是他们还没来得及感到害怕，一道模糊的美丽亮光从中间慢慢显现出来，同时，一个微弱却很好听的声音响了起来。但是，孩子们还是看不清周围，也听不清那声音在说什么，只知道有亮光和声音出现在他们周围。

那道光逐渐变强，闪着绿色的光，像萤火虫发出的光亮。光越来越强，就像是成千上万的萤火虫聚集在一起发出的光。那个声音也越来越清晰，声音不大却十分甜美，甜美得甚至会让你愿意为它流下高兴的泪水。这声音听起来像夜莺，像大海，像小提琴，像你久未归家，进门后母亲对你说话的声音。

这个声音说："说吧，你们想要听到什么？"

我无法向你描述这个声音说的是什么语言，我只知道在场的每个人都能听懂它的意思。如果你想一想，肯定会有一种语言是每个人都能听懂的，只要我们知道就一定可以。我也不能告诉你护身符是怎么说话的，或者说话的是护身符，还是护身符里面的什么幽灵，这个问题就是那些孩子也不知道答案。护身符说话的时候，他们是看不到它的，因为那道光太强烈了，他们只能看着地毯上的那道绿色光束。几个孩子都很安静，不急着问问题，也没有坐立不安。现在的状况跟之前在乡下的时候完全不一样，那时候是沙精实现他们的愿望，那时候还是有点儿滑稽的，而现在一点儿也不。现在像《天方夜谭》里面的神话，或者在教堂里面会发生的事情，他们一下子没人敢说话了。

最后，还是西里尔打破了沉默：

"我们想请问您，另外一半护身符在哪里？"

"另外一半护身符丢失了，"那个美丽的声音说，"它破碎了，而且变成了粉末，和神殿里的灰尘混在一起，现在，那块护身符和连接两块护身符的别针都碎成了粉末，而这些粉末散落在陆地上，沉没在海底。"

"哎呀，我就说！"罗伯特小声嘟囔。之后又一阵沉默，西里尔说："那一切都完了？我们没办法找到一个碎成粉末的东西，而且这粉末还撒得到处都是。"

"如果你想要找到它，"那个声音说，"你必须到它还是完整的地方去找。"

"我不明白。"西里尔说。

"你可以在过去找到它。"那个声音说。

"我希望我们可以找到它。"西里尔说。

沙精生气地说："你还没明白吗？那东西在过去还是完整的，如果你到了过去，你就能找到它了！你这榆木脑袋真是不开窍！时间和空间只不过是一种思维方式罢了。"

"我明白了。"西里尔说。

"不，你还没明白，"沙精说，"不过，也没什么关系，我的意思是，如果用了正确的方法，你就能够看到在同一地点、同一时间发生的事情，现在明白了吗？"

"我恐怕没有明白，"安西娅说，"抱歉，我太蠢了。"

"好吧，无论如何，你得明白这一点，丢失的那一半护身符存在于过去，因此，我们必须找到它。我不能直接跟那个护身符对话，你们去问问，找到线索！"

"我们在哪里能找到另一半护身符?"西里尔乖乖地问了。

"在过去。"那个声音说。

"哪一段过去?"

"我不能说，你们自己选个时间，然后我就带你们去放护身符的地方，你们自己把它找出来。"

"你最后见到它是什么时候?"安西娅问，"我是说，它是什么时候离开你的?"

那个动听的声音答道：

"那是几千年以前了，那时护身符还是完整地放在神殿里，那座神殿是为我建造的众多神殿的最后一个。后来，来了许多陌生人，他们带着奇怪的武器，摧毁了我的神殿，抢走了护身符，还带走了许多人质。但是，幸好其中的一个神父知道咒语，为我念了出来，所以，护身符就变得隐形了，因此，又回到了我的神殿，但是神殿已经被摧毁了，在我要用魔法重建神殿之前，有人先说了一个咒语，我的法力就失灵了。护身符还在那里，只不过受到了限制。后来，有人带着石头来修建神殿，把石料掉在了放护身符的地方，护身符碎成两半，我没有力量去寻找丢失的那一半，也没有人会念咒语，所以我没有办法修复它们。那半块护身符在沙漠里埋了几千年，终于来了一个小个子男人，他野心很大，还带着一支似乎充满智慧的军队，他们中的一个人发现了这半个护身符，并把它带到这片大陆。但是没有人能读出上面的名字，所以我也没办法现身。后来这个人死了，他的后人拿到护身符，再后来护身符被卖到商人手里，而你们又从商人手里买下来，接着它又到了这里，被读出了名字，所以我才能出现。"

那个声音讲了好多，我想那个小个子男人一定是拿破仑，因为，我知道他曾带着军队去过埃及，之后，许多聪明人到沙漠里寻找宝物，捞到了不少好东西。这已经是很久以前的事情了，而且，我相信这个护身符一定是其中最好的宝物了。

每个人都听了护身符的故事，也都尝试着去理解，这对于他们来说可不简单。

最后，罗伯特说："你能带我们回到过去，就是你和另一半还一起在神殿的时候吗？如果你能带我们去那里，我们就能找到丢失的那一半护身符，它还在那里，即使过了这么多年，对吧？"

"还在那里？别傻了！"西里尔说，"你还没明白吗，如果我们回到过去，去的并不是几千年前，对我们来说依然是现在，对吧？"他转向沙精寻求帮助。沙精开口："你差不多理解对了。"

"那么，"安西娅说，"你能带我们回到神殿还存在，你还安全地存放在里面并且完整的时候吗？"

"可以，"那个声音说，"你们都用手抓住我念出咒语，接着你们就能按照年龄大小，一个接一个地通过我到达过去。但是，最后一个通过的人必须抓紧我，千万不能松手，否则你们就永远都回不来了。”

“这可不太妙啊。”罗伯特说。

“你们想回来的时候，”那个声音继续说，“面向东方抓住我，再念咒语，之后就能通过我回来了，而且这里的时间不会改变。”

“但是，怎样……”突然有铃声响起。

“哎呀！”罗伯特惊呼起来，“该吃茶点了！能不能请你让一切恢复原样，我们就能下楼了。非常感谢你的好意。”

“我们确实玩得很开心，太感谢了！”安西娅礼貌地说。

那道好看的光线慢慢消失了，周围的黑暗和寂静突然变成白天，街道上嘈杂的声音慢慢显现出来，好像一头沉睡的野兽从睡眠中苏醒过来。

孩子们揉揉眼睛，沙精迅速地跑回沙子里，其他人下楼去喝茶了，一切都是那么虚幻，就像那个声音和绿光一样，直到杯子里倒满茶水，他们才慢慢感受到真实。

喝完茶后，安西娅说服其他人，让她把护身符用链子挂在脖子上。

“如果这东西丢了可就糟糕了，”她说，“它可能会丢在任何地方，你们知道的，如果我们永远被困在过去，那就太糟糕了，对吧？”

第四章

八千年前

第二天早上，安西娅去请求老保姆，希望她同意让自己去给穷学者送早餐。穷学者一开始没认出安西娅，认出来之后，他表现得很高兴。

"您看，我把那个护身符挂在脖子上了，"她说，"我仔细照顾着它，就像您说过的那样。"

"你做得很好，"穷学者说，"你昨晚过得好吗？"

"在早饭变冷之前，您会把它吃掉的，对吗？"安西娅说，"是的，我们昨晚过得棒极了！护身符把周围都变成黑色，还发出绿色的亮光，接着它还说话了。哦！真希望您也能听到它的声音，那声音太美妙了，它还告诉我们另外一半护身符丢失在过去，所以，我们必须去寻找另一半！"

穷学者用两只手抓了抓头发，有些焦虑地望着安西娅。

"我想这是非常自然的一种小孩子的幻想，"他说，"但是，一定有人——是谁告诉你们这护身符的一部分丢失了？"

"我不能告诉您，"她说，"我知道这样显得非常没礼貌，尤其您之前还好心地告诉我们护身符的名字，但是，真的，我不能告诉任何人有关那个……那个给我讲故事的人。您不会忘记吃早饭的，对吧？"

穷学者无力地笑了笑，皱起了眉头，他这样做并不是因为生气，而是对安西娅的话感到疑惑。

"谢谢你，"他说，"只要你愿意，你什么时候来看我都可以，我会很高兴的，至少……"

"我会的，"她说，"只要是我能说的，我都会讲给您听，再见。"

穷学者没有参与过孩子们的冒险，他想知道是否其他的孩子也像他们一样。他思考了大约五分钟，然后又重新返回书桌旁，继续看那本厚厚的书——《皇家学院祭司的神秘仪式》。

孩子们不停地想着回到过去寻找护身符的事情，一个个都显得激动不已。但一想到他们可能被困在过去回不来，就觉得够可怕的。但是，还没有人敢提议取消这个计划，因为只要有人敢说"我们别去了"，其他人都会加入到嘲笑这个胆小鬼的队伍当中。

如果你一整天都不在家，提前做些准备是非常有必要的，在过去是听不到晚餐铃的，而且现在他们什么也不能说，可不能激起老保姆的好奇心。孩子们为自己听懂了护身符和沙精说的那些关于时间、空间的事情而感到非常自豪，他们很确定，老保姆肯定一个字也听不懂。所以，他们只是去请求老保姆，请她允许他们带着羊肉和西红柿到摄政公园去野餐，老保姆答应了他们的请求。

老保姆拿出一先令给他们，说："你们可以去买一些你们喜欢的小面包或者蛋糕，或者其他的小零食。但是不能买果酱馅饼，那东西容易弄得身上到处都是，而且，你们吃完后也没有地方可以洗手洗脸。"

西里尔收下了钱，他们就出发了。他们经过法院路，买了一块防水布，万一在过去遇到下雨天，他们就把防水布盖在沙精身上，沙精遇到水可是会没命的。

阳光十分灿烂，整个伦敦看起来也十分美丽，他们遇到了卖玫瑰花的女士，安西娅买了四朵玫瑰花，一人分了一朵，这是红玫瑰，带着夏天的香气，在圣诞节的时候，你会非常想得到这种玫瑰，但是大多数时候，你只会收到槲寄生和冬青，槲寄生的气味显得有些苍白，而冬青必须费很大劲才能闻到一点点味道。所以，大家都把玫瑰花别到扣眼里。没一会儿，他们就到了公园，这里的树叶上都落满了灰尘，泛着黄色，边缘是像被烧焦了一样的棕色，不像乡下的树叶那样绿油油的。

"我们继续吧，"安西娅说，"年纪最大的必须第一个走，所以，简，你必须是最后走的。你应该明白，你走的时候要紧紧抓住护身符，对吧？"

"真希望我不是最后一个。"简说。

"你要是愿意的话，可以带着沙精走，"想到沙精的坏脾气，安西娅又说，"前提是，他愿意让你带。"

然而，沙精这次却意外地同意了。

"我不介意，"他说，"谁带我都无所谓，只要别把我弄掉了就行，要是把我弄掉了，我可是会生气的。"

简颤抖着双手接过装沙精的篮子，挎在一只手臂上，护身符长长的绳子绕在她的脖子上。然后大家都站起来，简把护身符拿在中间，西里尔庄严地念起咒语。

护身符随着咒语变得又大又宽，西里尔看见简正费力地抓着一个红色拱门的边缘，那扇拱门并不是很大，但是，西里尔估计自己肯定能穿过去。从拱门的边缘可以看到摄政公园里那些凋零的树木和脏兮兮的草坪，还有玩游戏的孩子们，而拱门里面闪烁着蓝色、黄色和红色的光。西里尔深吸一口气，绷直了双腿，这样其他人就看不出他的腿在颤抖，都快碰到一起了。"走吧！"他边说边迈进了拱门，消失了。接着是安西娅，然后是罗伯特，他按照安西娅说的，迅速抓住简的袖子，把她也安全地带进了拱门。他们所有人刚穿过拱门，那道门就消失了，摄政公园也消失了，只有护身符还在简的手里，依然是原来的大小。这里的光线十分刺眼，孩子们不停地眨着眼睛，安西娅摸到护身符，赶紧把它塞回简的衣服里，以确保它的安全。当他们的眼睛适应了光线，就开始四处打量着周围的环境。这里的天空非常晴朗，仿佛被阳光照射的大海一样闪着

亮光。

他们身处森林中的一小片空地上，周围都是大树和灌木丛。他们面前有一片奇怪的黑泥地，再前面是一条棕黄色的河流，河对岸是结成一块块的干泥巴和森林，唯一一样能证明这里有人类居住过的东西，就是河中那片形状奇特的芦苇丛。

他们互相看了看。

"好吧！"罗伯特说，"这里的天气不太一样啊！"

没错，这里比他们想象的要热多了，甚至比伦敦八月份的天气还要热。

"真希望我们能搞清楚自己在哪里。"西里尔说。

"这是一条河，我想知道这里是亚马孙河还是台伯河，还是其他什么河。"

"这是尼罗河。"沙精从篮子里探出头来说。

"那这里就是埃及了。"罗伯特说，他之前得过地理竞赛的奖。

"可我没有看到鳄鱼啊。"西里尔反驳道，他更擅长博物学。

沙精从篮子里伸出毛茸茸的胳膊，指着河水边的一堆泥。

"你知道那是什么？"他说。随着他的话音，一块泥巴滑进了河里，就像潮湿的水泥从泥瓦匠的泥刀上掉下去一样。

"啊！"大家齐声叫道。

河对岸的芦苇丛传来溅水声。

"那儿有头河马！"沙精说，接着河对岸就出现了一头大野兽，看起来就像一条巨大的灰色鼻涕虫。

"是河马！"西里尔说，"它可比动物园里的河马看起来真实多了，对吧？"

"它真实地出现在河对岸，这可真是万幸。"简说。这时，他们身后的树丛中也传来响动，这真是太可怕了，这可能是另一头河马，或是鳄鱼、狮子，什么东西都有可能。

"把护身符拿出来，简，"罗伯特急忙说，"我们得做好逃跑的准备，我非常确定，在这个地方任何事情都有可能发生。"

"我相信，就快有河马跑过来了，"简说，"还是特别大的那种！"

大家都转过头看向那边。

"别犯傻了，一群笨蛋！"沙精随意说道，"这可不是什么河马，是个人类。"

确实，那边走出来一个女孩，跟安西娅差不多年纪。她有一头浅色的短发，尽管皮肤被太阳晒黑了，但还是能看出来，她之前也是白皮肤。她没有一件像样的衣服，所以被晒成这样也是情有可原。她可不像这四个英国孩子，仔细地穿戴着连衣裙、帽子、鞋子、袜子、大衣，几乎是全副武装，不过，四个孩子现在可嫉妒她了，因为这里的天气热得要死，像她那样穿才是最合宜的。

女孩头上顶着一个深红色的陶罐子，她没有看到那几个孩子，因为他们害怕地躲到了树丛后面，她直接走到河边去打水，她一边走一边哼着奇怪的声音，安西娅忍不住想，这个女孩应该是在唱歌吧。

女孩把罐子装满水放在河岸边，然后她走进河里伏在芦苇旁边，她从芦苇丛中抓出五六条鱼，每抓出一条就把鱼穿到她手上长长的柳条上，最后把柳条打个结挂到胳膊上，转身准备上岸。这时，她看到了孩子们，简和安西娅穿着的白色裙子，在漆黑森林的映衬下白得像雪一样，女孩吓得叫了起来，水罐也碰倒了，水洒出来泼到泥土和女孩抓的鱼上面，又慢慢渗到地上的裂缝里。

"别害怕，"安西娅说，"我们不会伤害你的。"

"你们是谁?"女孩问。

我无法给你们解释为什么女孩和安西娅能够互相理解对方的话，就算我解释了，你们也无法理解，就像你们理解不了时间和空间是思维的方式一样。你就按照你自己的想法去理解吧！或许，那四个孩子找到了通用的语言，每一个人都能听懂，而我们还没发现。你们之前应该就注意到了，他们四个是特别幸运的孩子，会说这种语言也没什么特别的，也可能是其他什么原因，我们就不要纠结于这个问题了。至少，他们不用担心旅途中遇到语言沟通的问题了，他们总是可以和别人沟通。如果你能解释得通这一点，那就试试吧。我敢保证我能够理解你的解释，虽然，你不能理解我说的。

所以，当那女孩说"你们是谁"的时候，所有人都瞬间理解了她的意思，安西娅答道：

"我们和你一样，也是小孩子，别害怕，你能带我们去你住的地方吗？"

简靠近沙精的篮子，凑到他的耳边悄悄跟沙精说："这样安全吗？他们会不会吃了我们啊？他们是食人族的吗？"

沙精耸耸肩。

"别这样跟我说话，弄得我耳朵怪痒的。"沙精十分生气地说，"只要你紧紧握住护身符，就能及时返回摄政公园。"

那个女孩在那里被吓得瑟瑟发抖。

安西娅戴着一只手镯，是一只假的银镯子，上面还挂着一颗蓝色的心形玻璃坠子，这是老保姆送给她的礼物。"喏，"安西娅说，"这个送给你，它代表我们不会伤害你，如果你也不会伤害我们，就把它收下，我就知道了。"

女孩伸出手，安西娅把镯子放到她手上，女孩的脸上仿佛被光芒点亮了，绽开快乐的笑容。

"走吧，"女孩爱不释手地把弄着手镯，说道，"我们可以和平相处的。"

她捡起鱼和罐子，走在前面带路，其他人都跟在她后面。

"这也没什么嘛！"西里尔说，假装自己很勇敢。

"是啊！"罗伯特说，他也在假装勇敢，"这确实是一次冒险，不过这是在过去，跟之前的冒险又不太一样。"

这片浓密的森林看起来很压抑，大约有半英里长，森林中的小路很窄，到处黑漆漆的，最终，前面的树枝间透出一些阳光。

他们几个人穿过森林，来到一片阳光明媚的沙地，沙地上散落着许多灰色岩石，还有开着粉色花朵的仙人掌。右边有一片看起来像灰褐色栅栏的东西，栅栏另一边有蓝色的炊烟慢慢升上天空。这里阳光灿烂，几个孩子都快热得受不了了。

"我就住在那里。"女孩指着那边说。

"我才不去，"简对着手里的篮子说，"除非你说可以。"

沙精本来应该为这份信任而感动，可能他把这理解成了怀疑，所以他怒吼道："如果你不去，那我就再也不会帮助你们了！"

"哦，"安西娅小声说，"亲爱的简，别这样！想想我们的爸爸妈妈，还有我们所有人的愿望，而且，我们想什么时候回去就可以什么时候回去，快走吧！"

"而且，"西里尔低声说，"沙精肯定知道那里是没有危险的，否则他也不会去的，他是不会让自己陷入险境的，快来吧！"

最终，简同意了。

他们朝着灰褐色栅栏走过去，在慢慢走近的过程中，他们发现那是一个用带刺的荆棘堆起来的大约八英尺高的巨大栅栏。

"这是用来做什么的？"西里尔问。

"用来抵御敌人和野兽。"女孩说。

"我想它也应该是这样的作用，"西里尔说，"为什么有的荆棘和我的脚一样长呢?"

栅栏上有一个小的进口，他们跟着女孩走了进去。在这片栅栏的不远处又有另一片稍矮一些的栅栏，也是用荆棘堆成的，看起来很危险，在那里面是一个小村庄。

那里没有花园或是道路，四周只有木头和黏土建成的村舍，屋顶上盖着巨大的棕榈树叶，这些房子的门非常矮，有点儿像狗窝的门，房子之间也没有任何道路，只有被踩得很平的黄沙。

村子中央有一片被栅栏圈起来的空地，这片地跟他们在卡姆登的花园差不多大。

孩子们一走进村子，就有一群村民从屋子里走出来，围住了他们。

女孩站到他们四个前面，像是要保护他们似的，说道："他们是从沙漠那边来的仙童，他们带来了神奇的礼物，这代表着我们之间的和睦。"

她伸出手臂，大家都看到了那个镯子。

伦敦现在没有什么令人吃惊的事情发生，所以，这些从伦敦来的孩子们从来没见过这么多人一起表现出吃惊的样子。

他们把几个孩子围在中央，不停摸着他们的衣服、鞋子、男孩衣服上的扣子、女孩项链上的珊瑚。

"说点儿什么啊!"安西娅小声说。

西里尔依稀记得那天他在爸爸办公室，爸爸正在接见一位律师，他只好在外面等着，周围什么也没有，只有一堆《每日电讯报》，那天真是太无聊了。于是，他学着大人的样子说："我们来自日不落帝国，我们热爱和平，我们是伟大的盎格鲁撒克逊人，是好胜的民族，但是，我们不会伤害你们，"他又匆忙地说了几句，"我们只是想看看你们的房子，还有你们的——嗯，你们村子里的东西，然后我们就会离开，回到我们的故乡，向更多的人讲述你们的故事，那样你们就会出名了。"

西里尔的一番话并没有阻止那些人继续拥上来，他们看着孩子们衣服的眼光好像比刚才更急切了。安西娅想到了一个办法，这些人以前肯定没见过布料，她知道，对于从没见过布料只见过兽皮的人来说，布料是多么奇妙又陌生。现代衣物的缝纫技术也让他们惊讶不已，他们自己肯定会做些针线活，因为，那些像是首领的男人穿着羊皮或鹿皮做成的裤子，女人们穿着兽皮做成的长裙子。这些人个子都不高，都有一头金发，不论男女都把头发剪得很短。他们的眼睛是蓝色的，这在埃及来说有些奇怪，他们身上都像水手一样有文身，只是看起来更粗糙一些。

他们不停地摸着孩子们的衣服，好奇地问："这是什么啊？是什么东西？"

安西娅匆忙摘下简的蕾丝衣领，递给了一个看上去最友好的女人。

"拿着,"她说,"去仔细看看,别围着我们了,我们想单独聊一会儿。"

她的语气很强势,她以前哄小弟弟的时候,就用这种方法,通常都很有效,这一次也不例外。人群散开了,就剩下几个孩子,他们退到了几十米开外,拿着蕾丝衣领继续研究去了。

几个孩子永远也不

会知道那些人说了些什么,但是他们确信,他们这四个陌生人肯定是话题的焦点。他们回想着女孩友好的承诺,试着让自己平静下来,当然还是护身符更能让他们感到安慰。他们找了一处阴凉地,坐到沙子上,这下他们才有工夫看看周围的环境,而不是那些村民急切又好奇的脸。

他们注意到那些女人戴着一种用各种颜色的石头穿成的项链,项链上还有形状怪异的吊坠,有一些人还戴着用象牙和打火石做成的手链。

"我说，"罗伯特说，"如果我们留在这里，能教会他们多少东西啊！"

"我想他们也能教会我们许多东西，"西里尔说，"你有没有发现刚才拿走蕾丝衣领的女人手上戴的打火石手链？那肯定是有什么用处的。大家注意，如果我们一直坐在这里聊天，他们会怀疑的，我倒想看看这里的情况，所以，我们让那个女孩带我们四处转转，说不定我们还能想出找到另一半护身符的办法，一定记住，我们不能走散了。"

那个女孩站在不远处望着他们，安西娅朝她招招手，她马上高兴地走过来。

"能告诉我们，你们的石头手链是怎么做的吗？"西里尔说。

"用一些石器做的，"女孩说，"手链是男人做的，村子里有一些会手艺活的男人。"

"你们有铁做的工具吗？"

"铁？"女孩说，"我不知道你说的是什么。"这是第一个她无法理解的词汇。

"你们所有的工具都是用石头做成的吗？"西里尔问。

"当然啦。"女孩睁大眼睛答道。

伦敦来的孩子们想要了解这个村庄的一切，但是，他们也想聊一聊他们自己的国家。这就好像你度假归来，想要听别人的故事，同时又想讲讲自己的见闻。他们继续聊了会儿，女孩听不懂的词汇越来越多,四个孩子很快就放弃了,看来她是理解不了伦敦是个怎样的地方了,他们自己也意识到,那些似乎必不可少的东西,其实只有极少数才是生活必需品。

女孩带着他们去看这里的人怎么盖房子,这天碰巧有人在盖房子,她就带他们去了。这里盖房子的方式跟我们的大不相同,他们按照想要建成的房屋大小,把长条木板拼成一大块木板,每块木板之间都留出八英寸的空隙,这样连续摆四块木板,再用小树枝填满空隙,最后在上面涂上黑色的泥,然后用脚踩,直到把泥踩得有黏性为止。

女孩告诉他们这里的人如何用石头做的矛和箭打猎,如何用芦苇和黏土制作小船。之后,她又解释了她是如何用芦苇在河里抓鱼的,她把芦苇编成一张只有一个开口的网,把网放进水里,顺着水流的方向,那些鱼就傻傻地钻进来,再也出不去了。女孩又给他们展示了陶罐、陶碗、陶盘,有的陶器上有黑色和红色的图案。最有意思的就是用石头做成的各种工具和武器,上面还用石头和珠子作为装饰。

"这真是太奇妙了,"西里尔神气地说,"你要知道,这可是八千年前啊……"

"你说什么?"女孩说。

"这可不是在八千年前,"简小声说,"是现在,我觉得浑身不自在,哎呀,趁着没出什么乱子,我们快回家吧,很明显,护身符不在这里。"

"中间那个地方有什么？"安西娅突然想到了什么，指着中间的栅栏问道。

"那是神秘圣地，"女孩小声说，"没人知道那里有什么，里面有很多道墙，最里层的墙里面藏着秘密，但是，除了首领没人知道里面是什么。"

"我相信你一定知道。"西里尔认真地对她说。

"如果你告诉我，我就把这个给你。"安西娅摘下一个戒指，女孩已经对它垂涎已久了。

女孩马上抓住那枚戒指，说："好的，我爸爸是首领之一，而且我知道一个咒语，可以让他在睡觉的时候说话，他也说了。我会告诉你们，但是如果被他们知道了，他们会杀了我的。在最里面的墙里放着一个石头盒子，里面有一个护身符，没人知道它是哪来的，它来自很远的地方。"

"你见过它吗？"安西娅问。

女孩点点头。

"是像这样的东西吗？"简问，她不经大脑就把护身符拿了出来。

女孩的脸一下子变得煞白了。

"藏起来，藏起来！"女孩轻声说，"把它收回去，要是被别人看见，我们就没命了。哦，太惨了，天哪！你们为什么来到这里？"

"别害怕，"西里尔说，"他们不会知道的。简，别再做傻事了，你也知道后果了。"他又转向女孩说，"现在，能告诉我……"但是他还没来得及说完他的问题，一个男人从栅栏那边冲了进来。

"有敌人入侵！"他喊道，"大家准备防御！"

他喊完这句话，就趴到地上大喘粗气。

简说："哦，我们回家吧！我不管了，我这就走！"

她举起护身符，幸亏其他人都忙得顾不上注意她，她举着

护身符，但是什么也没有发生。

"你没有念出咒语。"安西娅说。

简慌忙念出来，但是依然什么都没有发生。

"把护身符朝东方拿着，你这笨蛋！"罗伯特说。

"东方在哪里？"简急得跳脚。

没有人知道，所以他们赶紧向沙精求助。

但是，篮子里空空的，只剩下一块防水布。

沙精不见了！

"把那东西藏起来！藏起来！快！"那女孩低声说。

西里尔耸耸肩，尽力使自己看起来很勇敢。

"藏起来，快，简，"他说，"我们走不了了，只能待在这里了。"

第五章　**村子里的战争**

现在的情况太糟糕了！来自公元 1905 年的四个孩子，他们本应该身处伦敦，现在却被困在公元前 6000 年的古埃及。他们找不到东方在哪里，没有办法回到他们自己的时空，此时，太阳也派不上什么用处，因为之前有一些无聊的人告诉西里尔，太阳根本不是在西方落下，也不是从东方升起，所以他们不知道该怎么办了。

还有，趁他们不注意的时候，沙精也从篮子里溜走了，卑鄙地抛弃了他们。

敌人逐渐靠近，这里有可能发生战争，一旦发生战争就会有伤亡，而卷入战争是小孩子们最不想遇到的事情。

传消息的那个男人仍然躺在地上喘着粗气，他的舌头像狗一样伸在外面。村子里的人们匆忙地用事先准备好的荆棘堵住栅栏上的缺口，他们用长长的杆子把荆棘高高举起，试图做好防御的准备。

简咬着嘴唇，努力让自己不要哭出来。

罗伯特从口袋里摸到一把玩具手枪，往里面塞上纸弹，这是他唯一的武器。

西里尔把裤带收紧了两个孔。

安西娅茫然地把大家戴着的玫瑰从扣眼里拿下来，这些玫瑰都快枯萎了，她把花茎的底端掐掉，然后插到一间房子旁边的水瓶里。安西娅对于花总是有些痴迷。

"听我说！"她说，"我想，可能沙精为我们做好了安排，我相信他不会丢下我们的，我确定，他不会这么做。"

简成功地抑制住了哭的冲动。

罗伯特问："但是，我们该怎么办？"

"什么也做不了，"西里尔紧接着说，"只能密切注意周围的情况，看！报信的那个人缓过来了，我们去听听他还会说些什么。"

那个男人跪坐在那里，又慢慢站起来在说着什么，他先向村子的首领表达了敬意，然后说了一些有趣的事情：

"我划着木筏去捕苍鹭，我往上游走了大约一个小时，然后，我布置好陷阱等着。我忽然听到翅膀拍打的声音，往天上一看，看到好多苍鹭在空中围成一个圈，我看到它们很害怕，所以我就想肯定是有野兽吓到了其中一只苍鹭，但是没有哪只野兽能惊到一群苍鹭。而且，它们一直那么飞着，所以，我就知道一定是人类，而且还是那些知道怎样才不会惊动野兽的人类，他们肯定不是我们村子的，所以，我从木筏上下来回到岸上，最后遇到了那些陌生人。他们的数量就像沙漠中的沙子一样数不清，他们手里的武器像太阳一样闪着光，他们绝不是什么好人，他们就是要来侵犯我们的。我一看到这些，就马不停蹄地跑了回来，向您如实禀报。"

"那些人一定是你们的同伙，"首领突然怒气冲冲地朝西里尔喊道，"你们肯定是他们派来的间谍。"

"我们不是，"西里尔生气地说，"我们不是间谍。我敢肯定，那些人跟我们一点儿关系也没有，他们跟我们长得像吗？"他问那个男人。

"不像，"男人说，"那些人皮肤更黑一些，他们的头发也是黑色的，不过，这几个陌生的孩子可能是他们的神，他们就是过来探路的。"

人群中传来一阵阵窃窃私语。

"不，不，"西里尔又说，"我们跟你们是一伙儿的，我们会帮助你们保护你们的圣物。"

西里尔知道圣物的事情，首领似乎被这个事实震住了，他站在那里盯着几个孩子，然后说："很好，让我们一起向神明祈祷，我们会取得胜利！"

人群四散开来，九个穿着羚羊皮的男人在空地上排列开，然后一个接一个地拿出河马肉、鸵鸟羽毛、枣椰树的果实、红色和绿色的石头、河里的鱼、山上的野山羊，首领收下了这些礼物，第一道栅栏里面还有一圈栅栏，两道栅栏之间有一条小路，每个首领拿着东西依次走进去，再出来的时候，手里的东西都不见了。

"他们在供奉护身符，"安西娅说，"我们最好也送些什么东西。"

他们匆忙地在口袋里翻着，只找到了一条粉红色的胶带、一小块火漆、一些手表零件。这就是他们的贡品了，安西娅又把玫瑰花加了进去。

首领接过他们的贡品，用一种敬畏的眼神看着他们，尤其是他看到了其中的红玫瑰和手表零件。

"今天发生了太多奇怪的事情了，"他说，"我没有办法接受令人惊讶的事情了，我们的姑娘说，你们与我们可以和平共处，但是，这些敌人的到来，使我们必须确认一些事情。"

四个孩子吓得发抖。

"现在说吧，你们是和我们一伙儿的吗？"

"是的，我不是一直在告诉你吗？"罗伯特说，"听我说，你看这个，"他拿出玩具枪，"我对它说话，如果它回应我了，你就会知道我和其他几个人是来守护你们的圣物的，我们也要给它献上贡品。"

"你手里拿的那个东西是只对你说话，还是我也能听见？"首领谨慎地问道。

"你听到了之后会感到惊奇的，"罗伯特说，"那么……"他看了看玩具手枪，说，"如果我们是来保护那里面的圣物的，"他指了指栅栏那边，"请用你最大的声音说出来，我们就会服从你的命令。"

他扣动扳机，玩具枪发出巨响，这把枪当初花了两先令买的，所以声音绝对非常大。

村子里每一个男人、女人、小孩都吓得趴到了沙子上，首领是最先站起来的。

"它说话了，"他说，"快把他们带到圣物那里去。"

于是四个孩子被领进了栅栏里面，走了一圈，一直走到另一层栅栏前面，穿过小门走了进去。

他们走过的地方是一些用木柴和带刺的荆棘围起的墙壁。

"这里很像汉普顿宫的迷宫。"安西娅说。

这里每一条通道都是露天的，但是在迷宫中央的小屋子有一个圆形的屋顶，屋子的门上挂着一块皮子做的门帘。

"你们在这里等一下，"带头的人说，"千万别进入那个门帘里。"说完，他自己走了进去，消失在门帘后面。

"大家听我说，"西里尔小声说，"我们应该留几个人在外面，万一沙精出现了呢。"

"不论任何情况，我们都不能分开。"安西娅说，"跟沙精走散已经够糟糕了，那个人不出来，我们就什么也做不了。我们现在回到村子里吧，我们已经知道路怎么走了，可以一会儿再回来。如果这里发生战争，他们都得作战了。而如果我们找到沙精，就马上回家。现在时间肯定不早了，而且我非常不喜欢这个迷宫一样的地方。"

他们走了出去，并且告诉首领如果战争开始了，他们会保护好圣物的。然后，几个孩子环顾四周，这下子他们能够仔细观察这里顶级的工人是如何把石头做成箭和斧子的了，这种技术到现在已经没几个人能掌握了。男孩子们觉得那些武器太有意思了，那些石头做的箭头并不是用在弓箭上，而是放在标枪上，这样扔出去就能击中敌人。最主要的武器是把石头绑在一个短棍子上，看起来就像海盗时期人们用来救生的工具。此外还有一些顶端绑着尖锐石刀的长矛和石头做的战斧。

村子里的每一个人都忙着准备，如果你碰巧走进来，会觉得这里像个蚂蚁洞似的，妇女甚至孩子们都忙个不停。

突然，空气似乎变成了红色的，就好像火炉的门被突然打开了一样，差不多同时，炉子的门好像又关上了，因为太阳下山了，天黑了。

八千年前的古埃及，太阳就是用这种突然的方式落山的，而且，我认为它从来没能打破自己的习惯，即使是现在，依然是用这种方式落山。那个女孩拿出一些野鹿皮，领着四个孩子到了一个草堆前面。

"我爸爸说他们现在还不会发动袭击，先睡觉吧!"她说。这确实是个不错的主意，你可能觉得现在情况这么危险，几个孩子怎么能睡得着，但是，不知怎么回事，虽然他们很害怕，但是还有一个情绪悄悄地蔓延，沙精是值得信任的，他们是安全的。但是，这种情绪只能使他们更加难过和悲伤。

"我想我们还是赶快睡觉吧，"罗伯特说，"我不知道，我们一整晚都不在家，可怜的老保姆该怎么办，我猜她会报警吧!我多么希望他们能找到我们啊!我宁愿现在有十几个警察出现在这里，不过，再着急也没有用，"他安慰大家，"晚安吧!"

没过多久，大家都睡着了。

忽然周围响起一阵吓人的噪音，几个孩子都被吵醒了，西里尔后来形容那声音是可怕的尖叫声、喊叫声和咆哮声，像是士兵嗜血的吼叫。

"是那些陌生人的声音，"女孩走过来，吓得浑身颤抖，说，"他们在进攻栅栏，荆棘把他们逼退了。我爸爸说天亮之前他们暂时不会发动攻击，但是，他们不停地吼叫，试图恐吓我们，好像我们是野蛮人似的！是沼泽地里的野人！"她生气地喊道。

噪音持续了一个晚上，太阳一升起来，那噪音突然就戛然而止了，就像当初出现一样突然。

孩子们还没来得及松一口气，标枪就从他们头顶上密密麻麻地飞过来，大家赶紧跑到房子后面躲起来。但是没一会儿，标枪又从另一个方向飞过来，大家赶忙跑到另一处躲藏。西里尔从身旁的屋顶上拔下来一支标枪，他发现这个标枪的箭头是用锃亮的铜做成的。

这时，伴随着荆棘断裂的声音，又一次传来了呐喊声，敌人冲破了栅栏，所有的村民都朝着声音传来的地方拥了过去，他们用力朝栅栏外面扔石头，还有短的石头标枪。几个孩子以前从来没有亲眼见过战争的场面，现在他们感到既陌生又可怕，喉咙里像是堵了什么东西一样，真正的战争可不像图册上画的那样。

村民们扔过去的石头似乎把敌人击退了，大家松了一口气，但是，这时村子的另一头响起了喊叫声和砍伐的声音，人们赶忙跑到那里进行反击，这场战斗就这样反反复复地进行着，村子里的人不像他们的敌人那样，将大家分成几部分来进行战斗。

西里尔发现时不时地就有一些人跑进迷宫，再出来的时候，变得神采奕奕，跟换了一个人似的。

"我确定，他们肯定是去摸护身符了，"他说，"沙精说过，护身符可以使人勇敢。"

他们蹑手蹑脚地穿过迷宫，看到的情景跟西里尔说的一样，一个首领站在门帘前面，有人走到他面前的时候，他喃喃地说了些什么，然后用什么东西碰碰那个人的脑门。透过他的手指，孩子们可以看到他手上的东西隐约地散发着红色的亮光。

战争依然在继续，突然，传来一声尖叫。

"他们进来了！他们进来了！栅栏倒了！"

首领消失在门帘后面。

"他去藏护身符了，"安西娅说，"哦，亲爱的沙精，你怎么能离开我们呢！"

突然，小屋里传出一声尖叫，首领吓得脸色惨白地走出来，迅速地跑出迷宫，孩子们也吓得不轻。

"哦！这是怎么回事？这是怎么回事？"安西娅呜咽着说，"哦，沙精，你怎么可以丢下我们！怎么能这样！"

战争的声音时而消失，时而又从四面八方涌过来，好像海浪一样起起落落。

安西娅浑身发抖，又说："哦，沙精，沙精！"

"嗯？"一个清脆的声音说，门帘被一只毛茸茸的手掀起一角，然后沙精的耳朵和眼睛从门帘后面探了出来。

安西娅赶紧把他抱起来，四个孩子都如释重负地松了口气。

"东方在哪里?"安西娅匆忙地问,因为打斗声越来越近了。

"你快把我掐死了!"沙精说,"先到里面来。"

小屋子里面漆黑一片。

"我找到火柴了。"西里尔说,然后点燃了火柴,屋子里的地板也是柔软松散的沙子。

"我在这里睡觉,"沙精说,"这里最舒服了,我已经有一个月没享受过这么好的沙子了。一切都没问题了,我知道你们唯一的机会就是战争进行的时候,那个男人不会回来了,我咬了他,他以为我是魔鬼,你们现在快拿好东西走人。"

房间里挂满了动物皮,中间堆着昨天晚上拿进来的贡品,安西娅的玫瑰被放在最高处,已经枯萎了,房间的一边放着一块巨大的四方形石块,上面有一个长方形的陶盒,上面画着奇怪的人和野兽。

沙精用细长的指头指着那里。"东西在那里吗?"西里尔问。

"你必须自己做出判断,"沙精说,"我刚才跳出来要咬那个男人的时候,他正要把那个盒子埋起来。"

"再点一根火柴,罗伯特。"安西娅说,"快说,哪边是东方?"

"当然是太阳升起的地方!"

"但是有人告诉我们……"

"哦,他们什么都告诉你们!"沙精不耐烦地说,他钻回篮子里,在防水布里缩成一团。

"但是，我们在这里看不到太阳，它无论如何也升不起来。"简说。

"你们真是会浪费时间！"沙精说，"神龛的位置就是东方，那边！"

他指着那块大石头。

战斗的人群离他们越来越近，孩子们可以听到首领们围绕在房子周围，为了保护他们的圣物。但是，在沙精凶狠地咬了首领之后，就没人敢进来了。

"简，"西里尔说，"现在，我去拿那个护身符，你举着我们的护身符，一定要确保你通过的时候别把它弄丢了。"

他向前迈了一步，与此同时，他们头顶发出了剧烈的炸裂声，房子的屋顶有一角被打破了，上面的厚木板被长矛掀翻了，孩子们浑身颤抖，还被照射进来的阳光晃得不停地眨眼，几只黑色的大手扯烂了墙壁，一张黑色的脸从裂缝中探了进来。即使现在情况危急，安西娅还是想到这张脸跟雅各布·阿布沙鲁姆先生长得很像，就是那个把护身符卖给他们的家伙。

"这是他们的护身符，"一个严肃的声音说，"有了那个东西他们才能勇敢地战斗，这里还有什么其他的东西吗，神或是魔鬼？"

他恶狠狠地盯着几个孩子，他嘴里叼着一把鲜血染红的刀，这真是一个非常时刻。

"简，简，动作快！"每个人都激动地大喊。

简颤抖着双手把护身符朝东方举起来，西里尔念起咒语，护身符变成了一扇巨大的门，门外是埃及耀眼的天空、破碎的墙壁、那张可怕的叼着尖刀的脸，门里面是伦敦城中昏暗的草坪和树木。

"抓紧了，简！"西里尔喊道，他拽着安西娅和沙精迅速地穿过拱门，罗伯特跟在他们后面，紧抓着简的手。他们穿过拱

门的时候，战争的声音突然一下子全部消失了，他们只听到伦敦城里熙熙攘攘的声音，麻雀叽叽喳喳的叫声，小孩子们在草坪上玩游戏的欢笑声。护身符又变成原来的样子躺在简的手心里，他们的野餐篮还放在原地，就像他们离开时一样。

"我的帽子！"西里尔长叹一口气，说，"真是一场冒险啊！"

"这次冒险很真实啊！"沙精说。

他们都躺下来，呼吸着摄政公园里和平、安静的空气。

"我们最好马上回家，"安西娅说，"老保姆肯定非常着急，现在周围的环境跟我们昨天离开时差不多，我们离开整整二十四个小时了。"

"小面包还很软呢，"西里尔拿起一个面包说，"我猜是露水使它们保持新鲜的吧！"

说来也怪，他们一点儿也不觉得饿。

他们拿起野餐篮和放沙精的篮子，直接就往家走。

老保姆看到他们十分惊讶。

"哦，"她说，"怎么回事？你们这么快就放弃野餐了？"

孩子们以为老保姆是在说反话，其实是在责备他们，就好像他们如果弄得浑身脏兮兮的，她肯定会说："你怎么这么干净啊？"

"非常抱歉。"安西娅说。

但是老保姆说："哦，上天保佑，孩子们，没关系的！只要你们开心，我就开心！进来吧，准备吃晚饭了，我还煮着土豆呢。"

老保姆去做饭了，孩子们互相看着对方，老保姆变了这么多吗？她不再关心他们了吗？他们离开家二十四个小时了啊，整晚都不在家，也没有做出解释，真的一点儿关系也没有吗？

沙精从篮子里探出来说：

"怎么了？你们不明白吗？你们离开和回来的时间点是一样的，现在并不是什么第二天！"

"还是昨天吗？"简问。

"不，就是今天，一直没有变。如果把现在和过去的时间弄混了，是会惹大麻烦的。"

"所以这场冒险一点儿时间也没用？"

"你要这么理解也可以，"沙精说，"总之，现在的时间一点儿也没有变。"

那天晚上，安西娅把穷学者的晚餐给他送了过去。她说服老保姆让她来完成这项工作。穷学者吃饭的时候，她留在那里和他聊了起来。

她给他讲了他们的冒险旅程，她是这么开始的："今天下午，我们发现自己到了尼罗河边……"结束的时候她说，"然后，我们想起了怎么回来，接着我们就回到了摄政公园，发生了这么多事情，这里的时间一点儿没有变。"

关于护身符和沙精的事情她一句也没有提，因为这是严令禁止的，但是这个故事本身就很精彩，穷学者都听得入迷了。

"你真是个不同寻常的小姑娘，"他说，"这些是谁讲给你听的？"

"不是别人讲的，"安西娅说，"是真实发生的。"

"过家家啊。"穷学者慢慢地说出这个词。这件事对于他来说太久远了，他都快忘了这个词。

安西娅走后，他又坐了很久，最后，他突然站了起来。

"我真的需要好好休息一下了，"他说，"我的神经过度紧张了，根据那个小女孩的描述，我居然能够描绘出在古埃及生活的场景，我的思维变得陌生了，居然出现了幻觉！我应当多加小心。"

他认真地把面包吃完，重新工作之前，他出去走了一英里的路。

通往古巴比伦的路

第六章

古巴比伦有多远？

全程一共七十英里！

我能借着烛光去那儿吗？

可以，但记得要回来！

简对着洋娃娃唱着歌，这首歌是她为自己和娃娃创作的，她坐在自己给娃娃搭出来的小房子里这样来来回回地唱了好几遍。他们的小房子屋顶上是餐桌，餐桌上用书压着桌布和椅套，这就是小房子的墙壁。

其他人正体验家庭雪橇运动带来的刺激感受，就是用最大的茶盘还有楼梯上的地毯，就能滑下来了。玩这个游戏最好的时候是在清理地毯时，压住楼梯地毯的一根根棍子正好给拿出来擦洗，地毯没有被压在一级级楼梯上，只在最高处用钉子固定着。这可是最好玩的几个游戏之一，但是大人们认为这完全

是在胡闹，他们还没玩尽兴，就被老保姆赶走了，他们回到客厅，心情都不是很好。

于是，西里尔说："怎么这么乱啊！"

罗伯特也说："简，别唱了！"

就连一直很体贴的安西娅也建议简换一首歌："这首歌听得我不舒服。"

这天空气潮湿，天气阴沉沉的，什么也做不了，大家一上午都在想着昨天早上的冒险，当时简拿出护身符，出现了一道拱门，他们穿过那扇门，在摄政公园从现在进入到八千年前的埃及。昨天的种种回忆还历历在目，恐怖的战争仿佛还在身边，所以他们希望不要再有人提议回到过去探险了，大家都觉得昨天那场冒险好像有一个星期那么久。然而，每个人都有点儿焦虑，不想让其他人以为自己害怕，这不，西里尔，他真的不是胆小鬼，他想知道其他人是怎么想的，他说："哎呀，关于护身符，简，出来，我们来谈谈。"

"哦，有什么好说的。"罗伯特说。

简乖乖地从她的房子里钻出来，坐着。

她摸了摸护身符，确定它还挂在自己的脖子上。

"这很重要，护身符不是完整的。"西里尔说，他觉得罗伯特的语调有点儿不礼貌，当然，罗伯特也确实是这样。

"我们应该回去寻找护身符，拥有一流的宝物却不使用它，留着又有什么用？"

"我当然愿意去。"罗伯特说，他又充满绅士风度地补充道，"只是，我觉得女孩子们可能不想今天就出发吧。"

"哦，我要去，"安西娅连忙说，"如果你觉得我在害怕，那你可想错了，我一点儿也不怕。"

"我害怕，"简沉闷地说，"我不喜欢那个地方，我再也不要去那里了，说什么也不去。"

"我们不去那里，傻瓜，"西里尔说，"应该是另外一个地方了。"

"我敢说，很可能是一个狮子、老虎遍地的地方。"

看到简害怕成这个样子，其他人都觉得自己勇敢极了，他们都说自己肯定要去。

"要是不去的话，就对沙精太忘恩负义了。"安西娅谨慎地说。

简站起来，她感到十分绝望。

"我不去!"她大喊道，"我不去，坚决不去! 你们要是敢逼我，我就尖叫，我就去告诉老保姆，我会让她把护身符扔进火里烧掉，就是现在!"

你可以想象得到大家对简有多愤怒，每个人不约而同地想道:"没人可以说我们是错的。"所以大家都开始向简展示自己有多生气，所有的一切都是她的错，这也使他们觉得自己很勇敢。

"说了谎的小鸟，舌头会裂开，我们镇上的狗，会把它吃

掉。"罗伯特唱着。

"女孩子们做事就是这样。"西里尔冷冰冰地说,这比罗伯特唱的歌还残忍。连安西娅都说:"我是女孩子,但是我就不会害怕。"这听起来真是太伤人了。

简把娃娃抱起来,站起来面对着其他人,这可能就是所谓的绝望的勇气。

"我不在乎,"她说,"我就是不去,没什么好说的!不想要去的地方还硬要去,那不是太蠢了吗!尤其你还不知道那里到底有什么的时候!你们要嘲笑我,随便吧!你们就是野兽,我恨你们!"

说完这些,她走了出去,重重地把门摔上。

其他几个人沉默着,他们不像刚才那样觉得自己勇敢了。

西里尔拿起一本书,不过不是什么有意思的书,罗伯特心不在焉地踢着凳子腿,安西娅站在那里把桌布上的流苏编在一起,简的抽泣声渐渐消失了。

安西娅忽然说:"哦!算了吧,那个小可怜,她可是最小的啊!"

"她说我们是野兽。"罗伯特说。

西里尔试图主持公道,他说:"好吧,我们走,至少你们还愿意去。"

"我是不会跟她道歉的。"罗伯特说,那把椅子都被他踢坏了。

"哦，我们去吧，"安西娅说，"我们有三个人，如果我们吵架的话，妈妈会生气的。来吧，我会先道歉的，虽然我刚才也没说什么。"

"好吧，我们快去处理这件事吧！"西里尔说着打开了门，"嗨，小家伙！"

远处的楼梯上传来断断续续的歌声：

古巴比伦有多远？
全程一共七十英里！
我能借着烛光去那儿吗？
可以，但记得要回来！

这歌声似乎是一种挑衅，但是安西娅没时间去考虑它，她走上楼梯，走到简身边。简坐在楼梯最高一级上，随着歌曲的节奏拍打着手中的娃娃。

"小可怜，别生气了，我们很抱歉……"

这就够了，大家都给了她象征和解的亲吻，简是他们之中年纪最小的，得到大家的亲吻也是应该的。安西娅还特别向她道了歉。

"我为我刚才的言行道歉，亲爱的，"她说，"其实，我自己对于重新回到过去这个想法也是有一些害怕的，但是，你好好想一想，如果我们不去，就拿不到护身符，还有，哦，亲爱的，想一想爸爸妈妈还有小羊宝宝能安全回到我们身边！我们必须去，不过我们可以再等上一两天，那时你应该就不会这么害怕了。"

"生肉会使人勇敢，就算是胆小鬼也会变勇敢，"罗伯特说，他也是为了缓和气氛，"还有小红莓，鞑靼人就是这么吃的，你看看他们有多勇敢啊！不过，只有在圣诞节的时候才有小红莓，如果你愿意的话，我会去求老保姆给你准备一些生的排骨。"

简赶快说："我想，不用生排骨我也能勇敢起来，我会试一试的。"她可不喜欢吃生肉。

这时，穷学者的房门打开了，他向外看了看。

"不好意思，"他略带疲倦地说，"但是，我想我刚才好像听到了一个熟悉的字眼，你刚才是在唱古巴比伦的歌谣吗？"

"没有，"罗伯特说，"简在唱《多少英里》，不过我认为你没有听过这个歌谣，你……"

他本来想说"你怎么偷听别人说话"，但是安西娅及时制止了他。

"我没有听到所有的词，"穷学者说，"你们可以把那些词告诉我吗？"

于是孩子们一齐说："古巴比伦有多远？全程一共七十英里！我能借着烛光去那儿吗？可以，但记得要回来！"

"我多希望可以去古巴比伦啊。"穷学者长叹一声。

86

"你不能去吗?"简问道。

"古巴比伦已经消失了,"他叹着气说,"你知道吗,那曾经是一个伟大又美丽的城市,是文化和艺术的中心,而现在只剩一堆废墟,被掩埋在泥土之下,人们甚至无法确定它的遗址在哪里。"

他靠在楼梯扶手上,他的眼睛望着远方,仿佛能透过楼梯间的窗户看到壮丽而辉煌的古代巴比伦。

西里尔突然说:"哎呀,你还记得我们给你看过的那个宝物吗,你还告诉我们怎么念它上面的名字?"

"记得!"

"好的,你觉得那件宝物曾经属于古巴比伦吗?"

"非常有可能,"穷学者说,"在埃及古墓里就曾经发现过类似的宝物,但是还没有确凿的证据说明它们就是埃及的,有可能是中国传过来的,或者这种宝物在埃及很流行,然后被友好的大使带到古巴比伦了,也可能被古巴比伦的军队作为战利品,从埃及带了回去,上面的字可能是后来刻上去的。哦,是的!这是个有趣的猜想,你们手上的宝物曾经就在古巴比伦。"

其他人互相望着对方,最后简开口了。

"古巴比伦人是野蛮人吗?他们会打仗,会到处乱扔东西吗?"她的这几个问题恰恰也是其他人想问的。

"古巴比伦人比亚述人可要绅士多了,"穷学者说,"他们一点儿也不野蛮,而是高度文明的。"他有些怀疑地看了一眼孩子

们，又继续说，"我的意思是，他们制作了许多漂亮的雕像和珠宝，建造了许多宏伟的宫殿，他们在学术上也有很高的成就，拥有许多图书馆，为了进行占星和天文观测，还建造了许多高塔。"

"嗯？你说什么？"罗伯特说。

"我是说观星和占卜，"穷学者说，"还有许多庙宇和空中花园。"

简打断了他的话："如果你们愿意的话，我要去古巴比伦。"其他人赶忙说："没问题！"不然，简会改变主意的。

"啊，"穷学者苦涩地笑着，"你们还小，可以在梦境里去到那么远的地方，"他又叹气，假装语气轻快地说，"祝你们玩得愉快！"然后转身走回房间，关上了门。

"他说的'愉快'跟外国话似的。"西里尔说，"走吧，我们去找沙精，现在就出发。我认为古巴比伦会是一个非常好的去处！"

他们去叫醒沙精，把他装进篮子里用防水布包好，沙精一开始很生气，但是一听说要去古巴比伦，他立刻活跃起来，他说："那里的沙子是最好的。"

简抓起护身符，西里尔说：

"我们要去古巴比伦寻找你丢失的另一半，能否请你把我们送过去？"

"请把我们放在外面，"简说，"如果我们不喜欢那个地方，就不用走进去了。"

"别说傻话了。"沙精说。

安西娅赶紧念出咒语，没有咒语，护身符就什么也做不了。

"乌尔·赫卡乌·赛驰！"伴随着咒语，护身符变成了一道拱门，这扇门高得都快顶到卧室的天花板了，拱门外是卧室里的五斗橱、地毯、褪色的窗帘、阴雨天昏暗的光线。拱门里面绿叶、白花亮晶晶地闪着光，孩子们高兴地走了进去，即使是简也觉得这里不像有狮子的样子，她举着护身符的手一点儿也没抖，等其他人都过去之后，她也赶紧走了进去，把变小的护身符重新挂到脖子上。

孩子们发现他们站在一棵树下，这棵果树的绿叶中开着白色的花，他们看看四周，这里似乎是一个果园，这里的树都是开着白花的。他们脚下的草坪上，开着番红花和百合花，还有一些奇怪的蓝色的花。画眉和八哥在树枝上欢快地唱着歌，鸽子咕咕的叫声温柔地围绕在他们身旁，花园里的一切都显得那么安详。

"这里太美了！"安西娅喊道。

"这里太像我们的故乡了，不过，天更蓝，云更白，树更绿，花朵更鲜艳！"

男孩们认为这里确实很好，简则认为这里简直美丽极了。

"我确定，这里没有可怕的东西！"安西娅说。

"我可不敢这么说，"简说，"这里只是一些果树，发生任何危险它们也不会有什么改变，而且我一点也不喜欢穷学者说的空中花园，听起来总有些不妙。"

西里尔说："没事的，空中花园只是飘在半空中的花园，别怕了，我们到处转转吧！"

他们穿过草地，四周全是树，除了树什么也没有。走过一个果园，又是另一个果园，果园之间有一条清澈的小河，他们跳过小河继续往前走。西里尔非常爱好园艺，所以他特别喜欢看园丁工作，他现在负责告诉其他人这个花园里有什么树，听到大家的赞叹，他感到十分受用。这里有榛树、杏树、无花果树。他们就这么走着，时不时地还要跨过一条条小河。

"我们好像在梦游仙境啊。"安西娅说。

最终他们来到一个和其他几个都不一样的果园，在它的角落里有一座低矮的建筑。

西里尔率先说道："那里有葡萄藤，这里肯定是葡萄园，我猜在那里肯定有一台葡萄榨汁机。"

最后他们还是走出了这些果园，来到了一条坑坑洼洼的路上，路边种着柏树、金合欢树，还有用刺柳搭成的篱笆。

现在，他们面前有许多建筑物，那些木头房子周围杂乱地堆着石头，在房子后面有一面很高的墙，在早晨的阳光中闪着红色的光，这面墙比圣保罗大教堂围墙的一半都高，墙上有许多巨大的门，阳光照得它们像金子一样闪烁着光芒。每一扇门的两边都有一座方形的塔，墙的另一边有更多的塔和房子，闪

烁着五彩的光芒，墙的左边有一条河，孩子们透过树缝可以看到，河是从城里流出来的。

西里尔给大家普及知识："河边那些像羽毛似的东西是棕榈树。"

"哦，是啊，你什么都知道，"罗伯特说，"你看那边那些灰绿色的东西是什么？"

"哦，"西里尔傲慢地说，"我可不想什么都告诉你，我只是觉得你可能想要了解棕榈树罢了。"

"看！"安西娅喊道，"他们把门打开了！"

大门吱吱呀呀地从里面打开了，有十来个人朝孩子们走过来。

孩子们不约而同地躲到了栅栏后面。

"我不喜欢那些门的声音，"简说，"想想吧，它们一关上，我们就会被关在里面出不来了。"

"你自己也有拱门供你离开，"沙精伸出头来提醒她，"别像个害羞的小姑娘似的，我要是你们，就走进城里，要求见他们的国王。"

这个简单直接的想法马上得到大家的赞同。

所以，当这些工人们走过去之后（孩子们觉得他们就是工人，因为他们身上的衣服都特别朴素，只是一件脏兮兮的蓝色衣服），四个小家伙鼓起勇气走进那扇门，走进去他们才发现那道墙是那么厚。

"勇敢些,"西里尔说,"走吧,畏畏缩缩一点儿用也没有,鼓起勇气吧!"

罗伯特突然唱起了骑兵进行曲,像是在回应西里尔的话,伴着轻快的曲调,他们朝着古巴比伦的城门走去。

"有人尊敬亚历山大,也有人崇拜赫拉克勒斯,或是海克托尔,或是利山达,或是许许多多这样的英雄……"

他们走到门口,忽然两个穿着盔甲的男人用长矛挡住了他们。

"来者何人?"他们说。

"我们来自很远的地方,"西里尔呆呆地说,"来自日不落帝国,我们要见你们的国王。"

"如果方便的话。"安西娅又加了一句。

"国王万岁!"守门

人说，"国王去接他的第十四位妃子去了，你们到底是从哪里来的，居然不知道这件事情？"

"那么见王后。"安西娅说，她完全没有注意到问他们来自哪里这个问题。

"王后万岁！"守门人说，"王后今天去上朝了，在日出三小时后就开始了。"

西里尔问："那在开始之前我们该怎么办？"

守门人好像也不知道，而且他也不在乎这一点，他对这几个小孩子一点儿兴趣也没有，但是用长矛挡住他们去路的男人就和善多了。

"让他们进去四处转转吧，"他说，"我用我最好的剑打赌，他们肯定没有见过我们的小村庄。"

守门人有些犹豫。

"他们只是小孩子罢了。"另一个人说，他已经是孩子的爸爸了，"队长，请允许我请几分钟的假，我带他们回家，让我妻子给他们换身衣服，他们身上的服装太奇怪了，走在街上会被别人误会的，我可以去吗？"

"哦，没问题。"队长说，"不过时间别太长了。"

这个男人带着他们穿过拱门走进城里，这里和伦敦很不一样，首先，伦敦像是用一堆零零碎碎的东西拼起来的，而这里的建筑就显得非常有条理。并不是说所有的房子都长得一样，虽然那些房子都是方的，但是大小不同，装饰的方式也各不相同，有的挂着鲜艳的图画，有的用银色和黑色的图案装饰着，房子上还有阳台、花园，空地上还种着树。那个男人带着他们来到一座小房子前面，一个慈眉善目的妇人坐在门前纺毛线。

"就是这里，"他说，"给这几个孩子准备几件衣服，换上以后他们就可以在城里转转了，你先不要管这些毛线，如果你愿意的话，就带他们逛逛，我得先走了。"

妇人按照他的话做了，四个孩子穿上带有流苏的斗篷，跟着妇人到城里逛了起来。哦！我真想给你们好好讲讲他们都看到了什么，那跟你们见过的完全不一样。比如说，每一间房子都亮晶晶的，要么装饰着图画，要么门边摆着石雕的动物，人们的衣着也是非常鲜艳的，有蓝色、红色、绿色和金色。

市场上则是热闹非凡，你想要什么都可以在这里买到。有卖水果的摊位，堆着菠萝和桃子，卖陶器和玻璃制品的摊位上摆着又漂亮又好的货物，还有卖饰品的摊位，有项链、扣子、手镯、胸针，摆着针织品的摊位，还展示着皮草和绣着花的布料，孩子们从没有见过这么多有趣的东西，看得眼都花了。

这时妇人说："时间快到了，我们往宫殿走吧，早些出发总没错。"他们就一起出发了，到了宫殿之后，发现那宫殿比他们见过的任何一座都要宏伟。

它在阳光下闪着五颜六色的光彩，像一块美丽的刺绣一样，巨大的大理石阶梯通向宫殿，楼梯的尽头有几个巨大的人像，大概是一个人的二十倍高，那些人像身后都有一对翅膀，有的是老鹰的头，有的是狗头，还有几个是国王的雕像。

楼体之间是露台，上面有喷泉，王后的护卫穿着红白相间的衣服，身上的盔甲闪着金光，他们分别站在台阶的两边，其中一个身材特别魁梧的护卫站在了宫殿大门前面，大门在正午的阳光下像一只发光的孔雀。

所有的人都沿着台阶往上走，想要一睹王后的风采，有盛装打扮的贵妇人，也有衣着普通的穷人，但是胡子打理得十分漂亮。

西里尔、罗伯特、安西娅和简也在人群里面。

到了门口的时候，沙精好奇地伸出一只眼睛，轻声说道："我不管什么王后，我要和这位妇人回家，我想如果你们拜托她的话，她会给我一些沙子的。"

"哦！不要离开我们。"简说。那位妇人正在告诉安西娅王宫的一些基本礼仪，没有听到简的话。

"别像个傻瓜似的，"沙精生气地说，"你拿着护身符真是浪费，你根本不会用，如果你要找我，就可以向护身符念出咒语，它就会把我送到你身边。"

"我宁愿跟你在一起。"简说，这应该是她说过的最令人惊奇的话了。

所有人也顾不得什么礼仪了，都张大了嘴巴，安西娅偷偷看了看沙精的篮子，发现他也惊得张大了嘴巴。

"你们不用盯着我看，"简继续说，"我也不关心王后怎么样，我只知道，我得照顾好沙精，确保他的安全。"

"她说的没错。"大家都同意，因为他们发现沙精总有方法知道哪里能躲避危险。

简向那位妇人说："你会带我一起回家的，是吗？请你允许我在其他人回去之前，跟你的小女儿一起玩耍。"

"当然可以啦，小甜心！"妇人说。

安西娅赶紧上前摸摸沙精，又抱了抱简，然后简就牵着妇人的手，开心地抓着装沙精的篮子走了。

其他人站在那里望着他们的背影，直到他们渐渐消失在人群中。安西娅转身看着宫殿，说："我们去请守门人帮我们拿着这些巴比伦款式的外套吧。"

他们脱下从妇人那里借来的斗篷，穿着自己的英国风格的衣服挤在人群中。

"我们想见见王后，"西里尔说，"我们来自日不落帝国！"

人群中传来一阵兴奋的议论声，侍卫跟一个黑人耳语一番，他又跟别人商量了一会儿，短暂的等待之后，大理石台阶尽头的一个高大男人召唤他们。

他们走过去，罗伯特太紧张了，靴子发出的咔嗒声比平时大多了。一扇大门打开，门帘慢慢掀开，一条小路直通到宝座前面，孩子们正着急往前走着，这时宝座那边传来一个甜美又大方的声音。

"三位来自日不落帝国的孩子！不要害怕，到这里来！"

过了一会儿，三个孩子跪在宝座底下，说："王后万岁！"妇人告诉他们一定要这么做。一位极美的女士走过来扶起安西娅，她浑身装饰着金银珠宝，脸上还有一块雪白的面纱。她说："别怕，我真的很高兴你们来到这里！日不落帝国！见到你们真的太高兴了！我真的快要无聊死了！"

西里尔跪在安西娅身后，他小心地趴到罗伯特耳边说："我

们说话得小心些，惹恼她对我们一点好处也没有，我们也不知道简去哪儿了，沙精跟她在一起呢！"

"哦，"罗伯特小声说，"有了护身符就能随时找到他们了，沙精是这么说的。"

"哦，是啊，"西里尔语带嘲笑地说，"我们确实没什么好怕的，这是当然！只要我们手里有护身符！"

这时罗伯特明白了，他嘟囔了一声："天哪！"而西里尔说出了一个简单的事实："简把护身符戴在脖子上了，你这笨蛋！"

"天哪！"罗伯特有点儿伤心地重复着。

第七章　护城河下的地牢

　　王后从宝座上扔下来三个软垫。

　　"你们怎么舒服怎么来，"她说，"我想和你们好好谈谈，给我讲讲你们的国家，还有你们是怎么来到这里的，所有的一切都给我讲讲。但是，我每天早上还要上朝，很无聊的，对吧？你们的国家有早朝吗？"

　　"没有，"西里尔说，"当然，也会有类似的活动，不过是私底下完成的，不会是这种公开的形式。"

　　"哦，好吧，"王后说，"就我个人而言，我更喜欢私下完成早朝，那样更简单。但是公众的意见也要重视，即使你非常熟悉，但上早朝仍然是非常困难的一项工作。"

　　安西娅说："我们不用上早朝，但是，我和简每天要练习音阶，大概每天二十分钟，那也是非常可怕的。"

　　"音阶是什么？"王后问，"简又是谁？"

　　"简是我的小妹妹，守门人的妻子正在照顾她。音阶跟音乐

100

有关。"

"我从来没有听说过这种乐器。"王后说，"你们唱歌吗？"

"是的，我们可以分成几部唱歌。"安西娅说。

"太神奇了！"王后说，"你们怎么切分呢？"

"不是切我们，"罗伯特说，"切了就不会唱了，以后我们给你演示一下就好了。"

"一定要演啊！现在你们就坐在那里，看我上早朝吧！大家都很钦佩我呢。我不该这么说，对吗？听起来太自负了，但是，我觉得跟你们说没什么大不了，我觉得我们已经认识很久了。"

王后回到宝座上坐好，向旁边的侍者示意，三个孩子坐在台阶上挤在一起窃窃私语，他们都觉得王后又美丽又善良，但是有那么一点点浮躁。

第一个走上来的人是位女士，她的爸爸留给她的遗产被她的哥哥抢走了，而她哥哥说钱是被叔叔拿走的，他们说了好长时间，孩子们觉得实在是太无聊了。突然，王后拍了拍手，说："把那两个男的都关到监狱里，直到有人承认罪行。"

"要是他们两个都犯罪了呢？"西里尔忍不住插了一句。

"那么监牢对他们是最合适的地方。"王后说。

"万一他们两个都没拿呢？"

"那是不可能的，"王后说，"一件事情总要有人做了才会发生。还有，你不可以插话。"

又走上来一位女士，她脸上的面纱破破烂烂的，头上落着煤灰。安西娅觉得那是煤灰，但是也可能只是路上的灰尘。她说，她的丈夫被关进监狱了。

"因为什么？"王后问。

"他们说是因为他说了您的坏话。"女士说，"但这不是真的，是有人诬陷他，这才是事情的真相。"

"你怎么知道他没有说过我的坏话？"王后说。

"不管是谁，只要见识过您的美貌，"女士说，"就不会说您的坏话。"

王后微笑着说："把那个男人放了，下一个。"

下一个上来的是个男孩，他偷了一只狐狸，但是，王后认为根据法律，任何人都不可以拥有狐狸，更别说偷了。她也不相信巴比伦会有狐狸，至少她没有见过，所以，那个男孩就被释放了。

来上朝的人都是让王后来判邻里亲戚间的小事，比如兄弟姐妹间的遗产纷争，一个妇人去年新年的时候借了一口锅，却一直都没有归还。

王后非常果断地对每一件事情都给出了相应的裁决，最后，她突然拍拍手，大声说："今天的早朝就到这里吧！"

所有的人齐声说："祝王后万寿无疆！"然后都离开了。

只有三个孩子还留在原地，和王后在一起。

"好啦！"王后长出了一口气，说，"终于结束了！就算你把埃及的王冠给我，我也没办法再做判决了。现在去花园吧，我们可以在那里安静地聊天。"

她带着孩子们穿过了一条又长又狭窄的走廊，走廊两旁的墙感觉很厚，最后来到一个花园里。花园里有浓密的灌木丛，篱笆上培育着玫瑰，这样太阳升起之后就可以有一片非常使人惬意的荫凉了。

奴隶们在大理石露台上布置了舒适的软垫，一个大块头的男人拿来了清凉的饮料，那些金杯子上镶嵌着绿宝石。他把杯子拿给王后之前，自己先喝了一小口。

"这好恶心啊。"罗伯特小声嘀咕，因为他从小就被教育不要吃别人餐具里的食物。

王后听到了他的话。

"不会的，"她说，"里蒂·马杜克是很干净的人，而且我吃东西之前必须有人先尝过，你知道，可能会有人下毒。"

听到这句话，他们觉得恐怖极了，但是里蒂·马杜克把所有的杯子都尝了一遍，所以他们就觉得安全多了。饮料非常好喝，凉凉的，尝起来像加了冰的柠檬水，还有别的好喝的味道。

"退下吧。"王后说，所有的侍女都慢慢离开，剩下孩子们和王后。

"现在，给我讲讲你们的故事吧！"

他们互相看了看。

"你来说。"西里尔说。

　　"不，安西娅……"罗伯特说。

　　"不，你来，西里尔。"安西娅说，"你还记得你讲故事的时候，印度女王听了有多高兴吗?"（这件事情发生在《凤凰与魔毯》一书中。）

　　西里尔含糊地念叨着，那次确实效果很好，但是，他当时说的那些故事都是实话，但是，现在不管讲什么内容，都不得不提到护身符，而这一点是绝对不可以的，因为，如果没有护身符，他们现在应该在伦敦，大概2500年以后。

　　西里尔只好一直讲沙精的故事，描绘他能够满足别人愿望的奇妙能力，他们以前从来没办法说出这些，西里尔很惊奇地发现，原来在伦敦使他们保持沉默的咒语，在这里就不起作用了。"我想，这可能跟我们在过去有关吧!"他想着。

　　"这真是太有趣了!"王后说，"我们今天的晚宴一定要把沙精请来，他的出现一定会是宴会的亮点! 他在哪里?"

　　安西娅说他们也不知道，还解释了原因。

　　"哦，这很简单。"王后说。听到她说这句话每个人都松了一口气。

　　"里蒂·马杜克会跑到城门口把那个侍卫找出来，再找到你们的妹妹。"

　　"他可以……"安西娅小心翼翼地说，"他可以……如果他现在去做这件事，会打扰到他吗，比如吃饭什么的?"

　　"没问题，他现在就可以走，他能吃到饭就该感到幸运了。"王后说，然后拍拍手。

"我能写一封信吗?"西里尔问，说着拿出了一个红色的本子，又从口袋里摸出一截铅笔。

"可以的，我把抄写员叫来。"

"哦，我可以自己写，谢谢您。"西里尔说，他拿出铅笔舔了舔，那只铅笔被他咬得都有一点儿秃了。

"哦，你真是太聪明了!"王后说，"让我看看你怎么写!"

西里尔拿起本子开始写，本子的纸张很粗糙，毛毛糙糙的，如果他用的是钢笔，毛毛一定会跑到笔尖里面。

"你来之前一定要把'它'藏好，"他写道，"也不要提起'它'，看完就把这封信毁掉。一切都进行得很顺利，王后人很好，没有什么好害怕的。"

"好奇怪的字，纸也很奇怪!"王后说，"你写了些什么?"

西里尔小心地回答："我在信上写了您很公正，我们在这里就像……就像过节一样，这样她就不会害怕，马上就会过来。"

西里尔写信的时候，里蒂·马杜克走进来站在一旁等着，他的眼睛都快瞪出来了，他有些不情愿地拿着信。

"哦，王后万岁! 这是咒语吗?"他有点害怕，"一个强大的咒语?"

"是的，"罗伯特有些意外，"这是咒语，但是不会伤害任何人，你送到简的手里就行，她看过之后就会把信毁掉，不会伤害任何人，它确实很强大! 就像……薄荷一样!"他突然说。

里蒂·马杜克有些惊恐地弯下腰："我不知道它有这么大威力。"

"她一收到信就会撕碎的，"罗伯特说，"这样咒语就失效了，你不用害怕。"

里蒂·马杜克半信半疑地离开了，虽然他看起来还是很害怕。而王后开始极力赞扬那个本子和铅笔，西里尔觉得要是不把它们作为礼物送给王后，就太不近人情了。王后高兴地抚摸着手中的本子。

"多么美丽的东西啊！"她说，"你就是在这上面写咒语的？为我写一个咒语吧！"她突然压低声音，"你知道你们国家领袖的名字吗？"

"当然啦！"西里尔说着，迅速在本子上写下一串名字——阿尔弗雷德大帝、莎士比亚、纳尔逊、戈登、比肯斯菲尔德大帝、吉卜林先生、福尔摩斯。后来，安西娅说，当时王后看得都惊呆了。

王后拿起本子，恭敬地放进长袍里藏好。

"你得好好教教我怎么念这些伟人的名字，"她说，"还有他们的幕僚，我猜亚述神也是其中之一？"

"我想应该不是，"西里尔说，"甘贝尔·纳曼先生是首相，伯恩斯先生是总理，坎特伯雷是大主教，还有帕克先生，我也不太确定……"

王后把手放到耳边，说："别再说了，这么多名字，我头都要炸了。你以后再教我吧，你会在这里停留很长时间的，对吧？现在告诉我……哦，算了，我现在很累了，而且，我相信你也想听我讲些故事，是吧？"

"是的，"安西娅说，"我想知道，国王为什么会离开……"

"不好意思，但是你应该说国王万岁。"王后轻轻地说。

"对不起，请原谅我，"安西娅赶忙道歉，"国王怎么会去迎娶他的第十四位妃子？我想就算是蓝胡子也没有那么多妻子，不过，至少他没有杀了您。"

王后面露疑惑。

"她的意思是，"罗伯特解释道，"日不落帝国的国王只有一个妻子，只是，亨利八世有七八个妻子，不过不是同时拥有的。"

"在我们的国家，"王后轻蔑地说，"只有一个妻子的国王是不能统治国家的，人民不会尊重他。"

"那么其他十三位都活着吗？"安西娅问。

"当然活着啦，那些小肚鸡肠的家伙！我不和她们联系，我和她们不同那是自然的，我是王后，她们只是妃子而已。"

"我知道了。"安西娅说。

"但是，我的小宝贝们，"王后继续说，"这是最后一个妃子了，没什么好大惊小怪的！完全不用！而且这还很滑稽！我们想要一个埃及的公主，国王陛下已经从大多数重要邻邦迎娶过妃子了，而且他也看中了一个埃及公主。当然啦，我们已经送上了大量的黄金，埃及国王也送来了一些骏马，数量并不多，真是个小气鬼！他还说对我们的黄金十分满意，他们国家天青石也十分短缺，于是我们又送了一些过去。但是，天青石送过去的时候，他已经开始用黄金装饰太阳神的宫殿了，而他拥有的黄金不足以完成这项工程，所以我们又送去了黄金，就这样持续了好几年。每一次工程至少要花六个月，最终，我们向他的女儿提起了婚约。"

"然后呢？"安西娅问，她想要知道公主的故事。

"哦，然后，"王后说，"埃及国王向我们索取了不少的礼物，但是却只准备了很少的回礼，他说他非常重视这次联姻，不幸的是他还没有女儿，但是，他希望很快就可以生出一个女儿，只要一生出女儿，就马上把她献给巴比伦国王！"

"真无耻！"西里尔说。

"说得没错！当我们提议把他的妹妹嫁过来也可以的时候，我们又花费了更多的黄金和礼物。好不容易，这个黑头发又讨厌的家伙要来了，国王陛下要走七天的路程，到卡尔凯美什迎接她。他坐着最好的战车出发，那辆战车上镶嵌着天青石和黄金，车轮是镀金的，轮毂上镶嵌着玛瑙，我觉得动用那辆马车真是浪费。埃及公主今天晚上就到了，这里会有一个非常盛大的欢迎晚宴。当然啦，她不会出席，她会去沐浴并且涂抹香膏，还有准备其他事情。我们通常会非常仔细地清洁来自异国的新娘子，大概会花费两至三周的时间。哦，吃饭的时间到了，你们和我一起去吧，因为你们是贵客。"她带着孩子们来到一个有点儿凉的漆黑的大厅里，这里的地上有许多软垫，他们坐到垫子上，不一会儿就有人把桌子搬了上来，是一种用蓝色石头做成的小桌子，上面有金子做的装饰。桌子上摆着金盘子，但是没有餐刀、叉子和勺子，他们以为王后一会儿会让人拿上来，但是并没有，王后直接用手拿起来就吃了。第一道菜是一大盘煮玉米、肉和葡萄干混合在一起，上面还浇了一层油，如果像王后那样吃东西的话，就一点儿餐桌礼仪都没有了。之后又端上了炖橘子、糖水大枣、淡黄色奶油，这些都是在伦敦几乎见不到的食物。

晚宴过后，所有人都去睡觉了，三个孩子也进入了梦乡。

王后却突然惊醒。

"天哪！"她喊道，"我们睡了多长时间了！我得赶快为了晚宴穿衣打扮了！时间不够了！"

"里蒂·马杜克还没有带着我们的妹妹和沙精回来吗？"安西娅问。

"我忘记问了，非常抱歉，"王后说，"除了早朝的时候，没有我的允许，他们不会擅自通报的，我想他应该在外面等着呢，我来问一下。"

一会儿，里蒂·马杜克进来了。

"非常遗憾，"他说，"我没能找到你们的妹妹，她放在篮子里的怪兽把守卫的孩子咬了，然后他们两个就跑了。警察说已

经有了线索，在几周之内我们就会得到消息了。"他深深地鞠了
一躬，退下了。

这下子简、沙精、护身符都丢失了，三个小家伙惊恐极
了，王后去打扮的这段时间，他们聚在一起讨论个不停。他们
沮丧极了，每个人都在不停地重复自己的话，最后，讨论在他
们的互相埋怨中结束。最终西里尔说：

"简和沙精在一起，所以，她会没事的。沙精自己会很小心
的，大家都会平安无事。我们打起精神，去享受宴会吧。"

他们确实在宴会上玩得很开心，他们也洗了澡，然后全身
被涂满了油，连头发上也被抹上了，这有一点不舒服。然后，
他们穿戴好去见了国王，国王非常和蔼可亲。宴会持续了很
久，有许多美味的食物，每个人都吃得很开心。大家都躺在软
垫上，女士靠在一边，男士在另外一边。大家都吃完后，女士
们就走到男士旁边坐下，那是她们的丈夫。所有人衣服上的金
线闪烁着美丽的光芒。

大厅中央被清理干净，好多人走上来表演助兴节目，有魔
术师、演杂技的，还有舞蛇的，不过安西娅一点儿也不喜欢那
些蛇。

天色渐晚，仆人点燃了火炬，把装着浸过油的雪松枝的铜
盘点燃，再挂起来。

又上来一个舞者，她长得不漂亮，舞也跳得不好，孩子们
觉得无聊极了，但是其他人，包括国王都看得津津有味。

　　国王大喊道："女孩，你想要什么，我都赏赐给你！"

　　"我什么也不要，"女孩说，"能让国王陛下您开心，我就十分满足了。"

　　国王对她的回答十分满意，他把自己的黄金衣领摘下来赏给了她。

　　"哇！"西里尔被这么贵重的礼物惊到了。

　　"这没什么，"王后轻声说，"这不是他最好的领子，我们总是会为这种场合准备一些廉价的珠宝，还有，你们说过要给我们唱首歌的，需要我的乐师来伴奏吗？"

"不用了，谢谢。"安西娅赶忙说。那些乐师一直断断续续地演奏着，他们的乐声使安西娅想起他们几个人之前组的乐队，用的乐器有便宜的小喇叭、口琴、茶盘、钳子和一个玩具鼓。他们当时玩得很高兴，但是，自己演奏和真正听到这样的音乐感受是完全不同的，安西娅现在明白为什么当时爸爸那么生气地阻止他们了。

　　"我们该唱什么呀？"西里尔问。

　　"《轻柔的风》？"安西娅建议。

　　"太没气势了，我提议唱《谁能跑出低谷》。一、二、三，唱——"

　　　　哦，谁能够轻易跑出低谷，

　　　　哦，谁能伴我左右，

　　　　哦，谁能跟随我脚步，

　　　　我将去赢得美丽的新娘？

　　　　她的父亲锁上了门，

　　　　她的母亲藏起了钥匙，

　　　　但是，不管门闩还是门锁，

　　　　都无法阻止我的真爱。

　　简是唱低音的，但是她现在不在，其他人也无法完成低音的部分，即使是这样，这首歌依然跟古巴比伦人以前听过的完全不同，而且点燃了他们的热情。

"再来一首，再来一首！"国王大喊，"这首歌真不错，继续唱！"

所以，他们又唱：

> 我在灰白暮色中见到她，
> 安详又平静，
> 我在黎明破晓中见到她，
> 却不再平静。
>
> 守卫的人都睡去了，
> 没有人看到，
> 于是温暖的问候，
> 慢慢流淌在我与爱人之间。

歌曲结束之后，周围爆发出热烈的喝彩声和掌声，他们又唱了几遍，国王才心满意足。

国王站起来，大声说道："远方来的客人们，你们想要什么尽管开口！"

"能得到您的称赞，已经是我们最大的荣耀了！"安西娅说。

"别，我们向他请求护身符吧！"罗伯特小声说。

"不行，我们要守规矩。"安西娅说。但是，罗伯特被周围的气氛弄得兴奋不已，站起来提出了要求，其他人根本来不及制止他。

"请把护身符给我们，就是刻着乌尔·赫卡乌·赛驰的护身符!"他说，接着又加了一句，"国王陛下!"

当他说出那个伟大的名字，大厅里的人们都卧倒在地上一动也不敢动，而王后用手撑着头，依然坐在软垫上，国王静静地站在那里，像是被石化了似的。

不一会儿，他就大声疾呼："侍卫，把他们抓起来!"

八个士兵马上冲了出来，他们身着铠甲，神情严肃。

"这几个亵渎神明的卑鄙小人!"国王怒吼，"把他们押入地牢! 明天，我们就让他们说出实话! 他们绝对会告诉我们，哪里能找到另外一半的护身符!"

士兵们赶着孩子们迅速地穿过许多柱子，他们听到宫廷里的大臣们惊恐的尖叫。

"你真是勇敢啊!"西里尔苦涩地说。

"哦，这迟早会发生的，一定是这样!"安西娅绝望地说。

士兵紧紧地围住他们，所以他们不知道自己要被关到哪里去，但是他们看到脚下光滑的大理石变成了粗糙的石头，后来就成了沙子和泥土，光线也越来越暗，后来石头越来越多，而且好像一直在往下走。

"我敢肯定，我们这次要被带到城堡的护城河下面最深的地牢里了。"西里尔说。

　　他们到达了目的地，不过不是护城河的下面，而是在幼发拉底河下面，这更糟糕，简直是最让人不舒服的地方。四周黑漆漆的，还特别特别潮湿，空气中弥漫着一股奇怪的霉味，墙上插着火炬，透过火炬的光线，孩子们能看到这里的墙都是绿色的，墙上和天花板上到处都有水渗下来，地上还有一些看起来像蝾螈的动物，这些黏糊糊的家伙在阴暗的角落里慢吞吞地爬着。

　　罗伯特的心都快掉进他那双鞋里了，他难受极了。安西娅和西里尔内心也十分挣扎，但最后他们都没有跟罗伯特说这样的话："这一切都是你的错。"安西娅心里还想加一句："我早就劝过你了。"

　　"这几个人亵渎了神明，"侍卫长对监狱长说，"直到国王陛下消气，一直关着他们。我觉得明天国王陛下会用他们解解闷，可能会上点儿刑吧！"

　　"可怜的孩子们啊！"监狱长说。

　　"是啊，"侍卫长说，"我自己也有孩子，但是，还是不要让个人的情感干扰了工作啊，晚安！"

　　几个侍卫步履沉重地离开了，监狱长手里拿着一大串钥匙，站在那里同情地看着几个孩子，摇了摇头，走了。

　　"我们要勇敢！"安西娅说，"我知道一切都会好起来的，这只是个梦，你知道的，一定是这样！一切变好之后我们就能醒过来了！"

　　"哼！"西里尔面带不屑。

　　罗伯特突然说："都是我的错，不过，求你们不要告诉爸爸——哦，我忘记了。"

　　他忘记了现在是五千年前，爸爸离他们很远。

　　"好了，算了吧。"西里尔说。而安西娅紧紧抓住罗伯特的手。

　　一会儿，监狱长又回来了，手里拿着一盘粗糙的蛋糕和一罐水，这些蛋糕跟宫殿里那些美味的奶油蛋糕完全不一样。

"拿着。"他说。

安西娅兴奋地说："哦，太感谢您了，您太善良了！"

"吃饱了就睡觉吧，"他指了指角落的一堆稻草，又说，"明天很快就到了。"

"哦，亲爱的监狱长，"安西娅说，"明天他们会做些什么呢？"

"他们会审问你们，"监狱长冷酷地说，"如果你们没什么可说的，我建议你们就随便编点儿什么。然后，他们可能会把你们卖到北方的国家，那里都是野蛮人。祝你们晚安。"

"晚安。"三个人颤抖着说。监狱长走了出去，留下他们三个在这潮湿、昏暗的地牢里。

"那个火炬快熄灭了。"西里尔盯着墙上的火炬。

"你觉得，虽然我们没有护身符，但是如果我们念出咒语，会发生什么？"安西娅建议。

"我觉得没什么用，但是这值得一试。"

他们念出咒语，但是周围一片寂静，什么也没有发生。

"你还记得王后说过的那个名字吗？"西里尔突然说，"内斯比特，还是什么的？"

"等等，"罗伯特说，"虽然我不知道你要这个名字做什么，纳斯克、纳斯洛克，亚述神，对，是这个！"

安西娅整个人紧绷起来，身上的肌肉紧绷着，意识也变得僵硬。

"乌尔·赫卡乌·赛驰,"她狂热地喊,"哦,亚述神,神明的仆人,来帮助我们吧!"

四周依然安静,然后从稻草堆那边射出一道蓝色的光芒,他们在这道光芒中看到一个身形怪异的东西朝他们走过来,他身上有鹰的翅膀、鹰的头,身体像人类一样。

他走了过来,让人感到十分恐惧。

"哦，走开！"安西娅喊道。而西里尔却说："不，留下来！"

那个家伙犹豫了片刻，在他们面前缩成一团，趴在地牢潮湿的地板上。

他的声音很刺耳，就像用钥匙开一把生锈的锁一样。他说："神明的仆人现在听令于您，您呼唤亚述神有什么事吗？"

"我们要回家。"罗伯特说。

"不，不是，"安西娅说，"我们要到简那里。"

亚述神举起胳膊指向地牢里的一面墙壁，他刚指过去，那面墙就消失了，那里出现了一个漂亮的房间，四周挂着用金线绣着睡莲的红色丝绸，房间里摆着软垫和许多镜子。王后就在这个房间里，沙精坐在她面前一个红色的软垫上，他看起来很生气，身上的毛都竖起来了，而简在旁边一个蓝色的软垫上睡着了。

"别害怕，一直向前走，"亚述神说，"还需要我为您做些什么？"

"不，不用了，"西里尔说，"没事了，非常感谢你。"

"你真是太可爱了！"安西娅大声说，很显然，她自己都不知道自己在说什么，"哦，谢谢，非常感谢，我们走吧！"

她抓起亚述神的手，他的手又冷又硬，像一块石头似的。

"往前走。"亚述神说。他们一起走了过去。

当他们站到王后面前的时候，王后说："哦，我的天哪，你们怎么来这里的？我知道你们会魔法，我本来想着早上要是能溜出去，一定要把你们放出来，不过多亏了亚述神，你们自己出来了。你们必须离开，我把女官叫醒，让她去找里蒂·马杜克，他会带你们出去，然后……"

"求您了，不要叫醒任何人，"安西娅说，"我把简叫醒就够了。"

安西娅用力地摇了摇简，她慢慢地醒了过来。

"里蒂·马杜克几个小时前找到了他们，"王后说，"但是，我想单独跟沙精谈谈，所以骗你们说还没找到他们，你们能原谅我的欺骗行为吗？这也是巴比伦人的一点小毛病，你们知道吗？但是，我真的不希望你们遇到危险，让我叫个人过来吧。"

"不、不、不，"安西娅赶紧拒绝，她可不想再跟巴比伦人接触了，"我们可以靠自己的魔法离开，你要记得告诉国王，这不是监狱长的错，是亚述神帮我们出来的。"

"亚述神！"王后附和着，"你们真的是魔法师啊！"

简坐起来，迷迷糊糊地眨眨眼。

"把它拿好，再说咒语。"西里尔说着，把沙精抓起来，沙精也轻轻地咬住他。

"东方在哪边？"简问道。

"在我身后。"王后说，"怎么了？"

"乌尔·赫卡乌·赛驰。"简睡眼惺忪地说出咒语，紧抓住护身符。

然后，他们就回到了老保姆家的客厅里。

"简,"西里尔镇定地说,"去把那盆沙子拿下来给沙精。"

简去了。

简渐渐走远了以后,西里尔迅速说:"听我说,我们不要告诉简有关地牢的事情,说了也只会把她吓得够呛,那样她就不会再去任何地方了,人家欢迎你也是有限度的。"

简拿着沙子回到客厅,她问:"你们为什么那么着急赶回来?古巴比伦多好玩啊!我还想多玩一会儿呢!"

"哦,是的,"西里尔漫不经心地回答,"当然啦,是挺好玩的,但是,我觉得我们已经待得够久了。妈妈总是说,不要一直待在同一个地方,人家欢迎你也是有限度的。"

第八章　王后在伦敦

　　西里尔他们给简讲了王后、宴会、宴会上的节目，小心地避开了地牢的部分。西里尔对简说："给我们讲讲你遇到了什么事吧。"

　　"你们都没有试着去找护身符吗？"简说，"这太糟糕了。"

　　西里尔说："我们发现在古巴比伦是找不到护身符的，它早就不在古巴比伦了，我们再去其他地方找找吧，去那些人民友善的地方找找。好了，讲讲你的遭遇吧。"

　　简说："哦，那个王后的仆人，他叫什么名字？"

　　西里尔答道："里蒂·马杜克。"

　　"对，里蒂·马杜克，"简说，"他去找我的时候，刚好沙精把守卫的小儿子咬了，然后，他就把我带进了皇宫。到了之后，我们和从埃及来的新王妃一起吃了饭，她人很好，岁数和你们差不多，她给我讲了很多埃及的事情。吃完饭我们还一起玩了球。然后，巴比伦王后要召见我，我也很喜欢她，后来她去和沙精说话了，我就睡着了。再后来，你叫醒了我，就这么多。"

沙精醒来后，讲的也是同一个故事。

"但是，"他说，"谁允许你告诉王后我可以满足别人的愿望了？有时候，我真是怀疑你们到底长没长脑子！"

"我觉得这并没有什么不妥啊。"西里尔闷闷不乐地说。

沙精讥讽他："哦，是啊，当然没问题，能有什么问题！恰恰相反！正是因为你的愚蠢，她恰巧要求立刻出现在你们的国家！'立刻'可能意味着任意时刻！"

"这是你的错，"罗伯特说，"你可以把立刻变成明年或下个世纪的什么时候。"

沙精又说："这就是为什么哪儿有你哪儿就有麻烦，我只能实现她说的愿望，无法做出任何更改，这又不是我的愿望。她想在国王下次出去打猎的时候来这里，这样她将会有一整天，也有可能是两天的时间做她想做的事。"

西里尔叹了口气，说："好吧，我们必须尽力让她玩得开心，她对我们还是很好的。好了，我提议我们晚饭后去公园喂喂鸭子，经历了这么多事情，我想看些更真实的东西，你要一起去吗，沙精？"

"我那宝贝篮子呢？"沙精有点烦闷，"我不能就这么出去，不过，我也不要去。"

这时，大家才想起来离开古巴比伦的时候太着急了，把沙精的篮子落下了。

"不过那个篮子没那么珍贵,"罗伯特说,"如果你去鱼市买鱼,就能免费拿到那样的篮子了。"

沙精突然大发雷霆:"哦,你们居然把我放到那么恶心的东西里面!用那么一个免费的工具骗着我到处跑,好了,我还是回沙子里算了,别吵我!"

说完他就回沙子里睡觉去了,男孩子们去公园喂鸭子了,女孩们没有去。

安西娅和简一下午都坐在那里缝缝补补,她们从自己最好的腰带上裁下来一部分,把毛巾做成里衬,然后坐在那里一直缝来缝去。她们在为沙精做一个袋子,每人做一半,简的那一半绣着三叶草,这是她唯一会做的图案,因为她在学校学过,而且碰巧手上还有些剩余的材料,安西娅还帮她画好了图案。安西娅在她那一半袋子绣了几个字,虽然绣得很匆忙,但是情谊满满,上面绣着"沙精的旅行车"。她本来还想再加几个字,但是袋子太小,就放弃了,最后她们用老保姆的缝纫机把袋子缝好,上面的拎带是用安西娅和简最好的红色发带做的。下午茶的时候,男孩们从公园回来了,但是好像玩得并不开心,安西娅试着去叫醒沙精,给他看看新做好的旅行袋。

沙精还在生气,但还是有点感动的,他说:"哼,就那样吧!"

沙精似乎很容易学会人们今天说的话。

"这个包比那个买鱼赠送的篮子好多了，你们用这东西要带我去哪儿？"他说。

"我想先休息一阵子。"西里尔说。

但是，简说："我想去埃及，我很喜欢古巴比伦国王娶的埃及公主，她给我讲了埃及的云雀和猫，我们去埃及吧！我跟她说了护身符上面像鸟一样的图形，她说那是埃及的文字。"

其他孩子沉默地交换了眼神，他们很高兴对简隐瞒了地牢的事情，这实在太明智了，简现在一点儿也不害怕到过去探险了。

"埃及真的非常好，"简继续说，"我看过布鲁尔博士的《历史笔记》，我想去那里，看约瑟做奇怪的梦，看摩西用蛇和手杖做神奇的东西。"

"我不喜欢蛇。"安西娅微微有点儿颤抖。

"哦，我们不会遇到蛇的。古巴比伦也很好！那里有甜甜的奶油做的食物，我也十分期待埃及！"

他们又一起讨论了很久，最后大家一致同意简的提议。第二天早上一吃完饭，他们就去找沙精，请他坐到袋子里去。

沙精不大情愿地坐进去，这时，老保姆走了进来。

她说："好了，孩子们，你们是不是觉得特别无聊啊？"

"哦，没有，亲爱的奶奶，"安西娅说，"我们很开心，我们正准备去看一些历史古迹。"

"啊，"老保姆说，"我猜你们要去皇家艺术院吧？记得不要乱花钱。"

等她把餐桌上的盘子收走了，把面包屑擦干净，拿走了台布，西里尔他们就拿出护身符，说出了命令。

西里尔念了咒语，安西娅负责说："请带我们去埃及！"

简又加了一句："去摩西所在的时代。"

于是在昏暗的餐厅里，护身符越变越大，变成了一道拱门，门那边是蓝蓝的天和奔流的河水。

"不，快停下！"西里尔喊道，拽住简拿着护身符的手。

"我们这是在做什么蠢事啊！"他说，"我们不能走，我们现在一分钟也不能离开家，因为每一分钟都可能是那一分钟。"

"什么每一分钟、那一分钟的？"简不耐烦地说，试着甩开西里尔的手。

"就是巴比伦王后来的那一分钟啊！"西里尔说，这下大家都明白了。

接下来的几天过得非常慢。他们每天都不敢结伴出门，因为他们不知道巴比伦国王会什么时候出去打猎，王后什么时候会来给他们一个惊喜。

所以，他们就轮流出去，两个一起出去，另外两个就等在家里。

留在家里的两个就会非常无聊，但是，他们在穷学者那里找到了好玩的。

一天，穷学者把安西娅叫过去，给她看了一串非常漂亮的、用紫色和金色珠子穿起来的项链。

"我见过这样的项链，"她说，"在……"

"在大英博物馆吗？"

"我是在古巴比伦看见的。"安西娅慎重地说。

"太奇妙了，"穷学者说，"你说的一点儿也没错，这些珠子确实是来自古巴比伦。"

这天，其他三个人都出去了，男孩子们要去动物园，简伤心地说："我确定我比他们任何一个人都喜欢犀牛。"于是，安西娅让她跟着一起去动物园。简马上出去追上男孩子们。

"我觉得古巴比伦是最有意思的地方，"安西娅说，"我做过非常有趣的梦，梦见我就在古巴比伦，也可能不算是梦，但是确实很精彩。"

"坐下来给我讲讲吧。"穷学者说。于是，安西娅就坐下来给他讲了起来，穷学者问了很多问题，她也尽力做出了回答。

"太棒了，太棒了！"穷学者最后说，"我听说过思维传递，但是我一直认为我没有那样的能力。但是，你肯定有这种能力，不过这对你不好吧，你会不会觉得头疼？"

他突然把自己冰凉的手放到安西娅的额头上。

"谢谢您的关心，我没事。"她说。

"我可以确定这不是一种有意识的行为，"他继续说，"我非常了解古巴比伦，我不知不觉地向你讲述了许多相关知识，你通过思维传递了解这些知识。但是，你所说的一些事情我不是很理解，它们从来没有进入过我的大脑，这真是令人难以置信。"

"没关系，"安西娅安慰他，"我理解您，别担心，没那么复杂。"

但是，接下来发生的事情可没有孩子们想的那么简单。安西娅听到其他人回来的声音，准备走下去问问他们在动物园玩得怎么样，这时，她听到外面有野兽低声吼叫的声音。

"老天爷啊！"安西娅大喊，"那是什么？"

窗外传来嘈杂的声音，依稀能听到有人说："古代人！"

"现在又不是十一月，这人真奇怪，是个芭蕾舞演员吧，肯定是！"

"不，我跟你说，肯定是个疯子！"

然后，传来一个他们熟悉的、清晰的声音。

"退下，你们这些奴隶！"那声音说。

"她说什么？"人们议论纷纷，有人说，"是什么方言吗？"

孩子们赶快冲到门外，路上围了一群人。

他们在台阶上能够清楚看到巴比伦王后就站在人群中央，闪亮的面纱遮着她那美丽的脸庞。

"快看！"罗伯特大喊，赶忙冲下楼梯，"她来了！"

"喂！"他喊着，"小心点儿！让这位女士出来，她是我们的朋友，过来探望我们的。"

用手推车推着蔬菜的胖女人酸溜溜地说："有钱人家的贵客

啊!"

人们让出了一条小路,王后看到了罗伯特,西里尔也跑了过来,手臂上还挂着沙精的袋子。

他小声说:"沙精在这里,你可以许愿。"

罗伯特说:"我希望你来的时候换一条裙子,但是我的愿望没什么用了。"

"不,"王后说,"我希望我穿得……哦,不,我希望他们能穿得更合适些,这样他们就不会这么愚蠢了。"

沙精的身体膨胀起来,把袋子塞得满满的,突然,周围的每一个人,男人、女人、小孩都感觉身上的衣服变少了。当然啦,王后所说的合适的衣服是三千年前巴比伦劳工们穿的衣服,肯定不是什么好衣服。

"怎么回事?"卖蔬菜的女人说,"我怎么成了这个样子?"她推着手推车赶紧跑走了。

"朋友们,有人让你们变漂亮了。"卖鞋带的男人说。

"哦,别说了,"他旁边的人说,"看看你那双腿,蠢极了!你的靴子呢?"

"我发誓我从来没有穿成这样走出家门,"卖鞋带的说,"我承认昨天晚上喝多了,但是也不可能穿得像个马戏团的人似的。"

人群里炸开了锅,大家都气愤极了,但是,没人想到要去责怪王后。

　　安西娅跑下楼梯拉着王后进了屋，其他人跟在她们后面把门关上。他们听到有人说："真是气死了！我要回家！"

　　大家似乎都想到了这一点，没一会儿就走光了，很快大街上又恢复了正常。但是很快又聚集起另一群人。

　　安西娅惊恐地说："恐怕警察就要到我们这里来了，哦，你怎么穿成这样就来了？"

　　王后靠在沙发的扶手上。

　　"我倒是很想知道王后还能穿什么衣服？"她问。

"我们的王后穿的衣服跟其他人一样。"西里尔说。

"哦，我不会的，而且我必须说，"她感到很受伤，"我觉得你们并不欢迎我的到来，不过，可能是你们太过惊喜才会做出这样的反应，但是你们应该很习惯惊喜了，想想你们那天就那样凭空消失了！我永远都不会忘记那一幕的，你们是怎么做到的?"

"哦，没什么特别的，别管那个了，"罗伯特说，"你看你离开了以后那些人多失望，我怕他们会去通知警察，我们可不想看到你被抓起来。"

"你们不能把王后抓起来。"她高傲地说。

"哦，不可以吗?"西里尔说，"我们这里曾经把一个国王斩首了。"

"在这个房间吗? 这真是太有意思了。"

"不，不，当然不在这里，而且是在以前。"

"哦，这样啊，"王后轻蔑地说，"我还以为是你们亲手做的呢。"

女孩子们害怕得发抖。

"你们这座城市太可怕了，"王后说，"这里的人可怕又愚昧，你们知道吗，他们根本就不懂我说的任何一个字。"

"你听得懂他们在说什么吗?"简问道。

"当然不懂，他们说的话像是粗俗的北部方言，不过我能听懂你们的话。"

西里尔坦率地说："哦，现在你也知道这里是多么的可怕了，你难道不想回家吗?"

"为什么，我还什么都没有看呢。"王后抚了抚那闪闪发光的面纱，"我希望出现在你们家门口，这个愿望实现了，现在，我必须去拜见一下你们的国王和王后。"

"谁都去不了的，"安西娅赶忙说，"但是听我说，我们会带你去看你想看的东西，只有你能看到的东西。"安西娅觉得，他们在古巴比伦的时候王后对他们非常好，只不过在简和沙精的事情上撒了一点谎。

"有一个博物馆，"西里尔说，"那里有许多来自你们国家的东西，只要我们给你做些伪装就可以去了。"

"我知道了，"安西娅突然说，"大箱子里有几件妈妈的斗篷，还有她的一些旧帽子。"

王后披上那件绣着蕾丝边的蓝色丝绸斗篷之后，确实变得没那么显眼了，但是帽子却不是很合适，帽子上有粉色的玫瑰。换上这一身衣服之后，王后就显得没那么高高在上了。

西里尔悄悄跟安西娅说出这一点的时候，安西娅说："哦，这没有关系，现在的关键是我们要在老保姆睡醒之前把她带出去，我想现在老保姆就快醒了。"

"那就快走吧，"罗伯特说，"你知道这有多危险，我们赶紧去博物馆，如果刚才那些人报了警，他们绝对想不到去博物馆找我们。"

这身蓝斗篷配粉帽子依然引起了许多人的注意，这一次孩子们一反常态地没有选择热闹的街道，而是直接走到冷清的博物馆前。

"包和雨伞必须存在这里。"柜台里的男人说道。

他们没有拿雨伞，唯一的包就是装着沙精的袋子，而王后坚持要把他带进去。

沙精轻声说："我不要被留在外面，你们想都不要想。"

"我和你一起在外面等着。"安西娅匆忙说，然后坐到了自动饮水器旁边的椅子上。

沙精生气地说："不要坐在饮水器旁边，我会被溅湿的。"

安西娅顺从地挪到另外一个椅子上坐下，她就在那里等啊等，沙精睡着了，但是睡得并不踏实。大门不停地晃着，但是其他几个人一直没有出现，安西娅都快睡着了，他们依然没有出现。

当安西娅发现他们其实已经出来了，只不过身边还有别人跟着的时候，她可吓坏了。当时他们身后跟着一群穿着制服的人，还有几个绅士，每个人看起来都很生气。

"走吧，"其中一个绅士说，"把这个可怜的疯女人带回家，告诉你们的父母，她需要特殊看护。"

"如果你不带走她，我们就要报警了。"另一个绅士说。

"不过，我们不希望动用特殊手段。"又一个绅士说。

"我能先去和我的姐姐说句话吗？"罗伯特问。

最客气的那位绅士点点头，工作人员们站在王后的周围，罗伯特走向安西娅的时候，另外几个跟在他后面。

面对安西娅探究的目光，罗伯特说："发生了许多事情，她踢翻了最耀眼的陈列柜，说放在玻璃柜子里的项链和耳环都是她的，说什么要打破玻璃把它们拿出来，而且还真的打碎了一个柜子。那里所有的人都看着她，太糟糕了！我说里面有一个地方是专门斩首王后的，这才把她骗出来。"

"哦，老天，这太胡扯了！"

"如果不这么说，她是不会出来的。而且，也不完全是假的，里面有许多木乃伊，谁知道他们会不会切开木乃伊的头，去研究那些防腐技术！我要说的是，你能带着她安静地离开吗？"

"我试试吧。"安西娅说，然后朝着王后走去。

"跟我回家吧！"她说，"我们屋子里的穷学者有一条更棒的项链，跟我回去看看吧！"

王后点点头。

"你看吧，"一个绅士说，"她能听懂我们的话。"

安西娅害羞地说："我说的是古巴比伦语。"

"我的好孩子，"绅士说，"真是胡说，你说的不是古巴比伦语。赶快回家吧，给你的父母好好讲讲刚才发生的事情。"

安西娅抓起王后的手，轻轻拉着她往外走，其他几个孩子跟着他们。那些绅士们站在台阶上看着他们离开。他们的心情都不太好。当他们来到外面院子中间的时候，王后看到了装着沙精的袋子，她停下脚步。

她说："我希望，那些巴比伦的东西都慢慢出现在我面前，好让那些奴隶看看伟大王后的魔法。"

"哦，你真是个讨人厌的女人！"沙精在袋子里说道，但是他还是慢慢鼓了起来。

没一会儿，传来轰隆隆的声音，那扇玻璃门突然塌了下

来，台阶上的绅士们跳到一边，才看清是什么东西把门弄破了。

但是，有一个人动作不够快，被门后冲出来的巨大的石牛撞开了，它跑到院子里站在王后的身边。

在它身后又跑出来更多的石像、各种石板、砖块、头盔、武器、酒桶、各种瓶子，大大小小，不计其数，根本没办法看清楚。

那些愤怒的绅士都坐到了台阶上，只有一个还站着，他手插在兜里站着，仿佛对眼前发生的一切习以为常了。

但是，他命人关上了铁门。

一个正要离开博物馆的记者对罗伯特说："这是通神学吗？她是贝赞特夫人吗？"

"是的。"罗伯特胡乱地回答。

大门关上之前，记者走了出去。

他疯狂地冲到报社，半个小时以后，新的报纸就出来了。

贝赞特夫人与通神学 大英博物馆的离奇景象

大街上瞬间就充斥着这条新闻，有的人正好没事做，坐着公交车就去了博物馆，但是他们到那儿的时候却什么也没看到。因为巴比伦王后突然看到有人关上了门，她感受到了威胁。于是她说："我希望我们回到你们家里。"

当然，他们立刻就回去了。

沙精愤怒极了。

"我说,"他说道,"他们马上就会追过来,然后就会发现我了,他们会把我关进笼子里!我就不得不为政府服务,你怎么能把那些东西都叫过来!"

"你的脾气不小啊,"王后平静地说,"我再许一个愿,让那些东西都回到本来的位置,你会开心点儿吗?"

沙精又一次鼓起来,他生气地说:"我不能拒绝你的愿望,但是,我会咬人,你再这么下去,我一定要咬你!"

"啊,别这样,"安西娅小声对沙精说,"这太可怕了,别抛下我们,或许她很快就想回家了。"

沙精稍微消了消气。

"带我去你们的城市转转。"王后说。

"要是有钱的话,我们可以叫马车带她四处转转,那样人们就不会太注意我们,但是我们没钱。"

"把这个卖了。"王后从手上摘下一枚戒指。

"他们肯定会说这是偷的,然后把我们关进监狱。"西里尔无奈地说。

"你们这里好像随便找一个理由都可以把人关进监狱。"王后说。

"穷学者!"安西娅说着就拿着戒指跑去找他。

"您看,"她说,"您愿意出一英镑买下它吗?"

"哦!"他惊喜地喊出声,兴奋地拿起戒指。

"这不是我的，"安西娅说，"别人让我卖掉它。"

"我会很高兴借给你一英镑，"穷学者说，"我会帮你保管好戒指，是谁让你卖掉它的？"

"我们叫她巴比伦王后。"安西娅小心翼翼地说。

"是游戏吗？"穷学者满怀希望地问。

"如果我没钱帮她付车费，那会是一个很不错的游戏。"安西娅说。

"我有时候觉得，"穷学者慢慢地说，"我的神经错乱了，或者……"

"或者是我疯了。但是我没疯，您也没疯，大家都没有。"

"她说她是巴比伦王后吗？"穷学者不安地问。

"是的。"安西娅毫不犹豫地说。

"这个故事比我想象的更深远，"他说，"我觉得我不自觉地也影响了她，我从来没有想过我的古巴比伦研究会有这样的结果，太可怕了！天地之间有这么多奇妙的事情。"

"是啊，"安西娅说，"奇事太多了！而且一英镑是最重要的，跟其他东西比起来我最需要它了。"

穷学者抓了抓头发，说："这毫无疑问就是古巴比伦的戒指，至少我看起来是这样，不过我也可能看错，等我从书里找到最后一个证据，我就去看医生。"

"好的，"安西娅说，"非常感谢您。"

她拿起钱，跑下楼去找其他人了。

现在，王后从四轮马车的车窗里看到了伦敦城的景观，她觉得白金汉宫很无趣，威斯敏斯特教堂和国会大厦稍微好一点，但是伦敦塔、泰晤士河里的那些船完全激起了她的兴趣。

马车继续走着，王后说："你们对待奴隶的方式太差劲了，他们看起来多可怜啊！"

"他们不是奴隶，他们是工人。"简说。

"他们当然需要工作，那是奴隶该做的，用不着你告诉我。你以为我看到奴隶的脸会认不出吗？为什么他们的主人不去看看奴隶们都穿的什么衣服？简单地回答我。"

没有人回答，英格兰的现代工资体系很难用两三句话就解释清楚，这几个孩子就更难解释了。

"你们要是不小心点儿，奴隶们会叛乱的。"

"哦，不会的，"西里尔说，"他们有选举的权利，那会使他们有保障，不会叛乱，我爸爸是这么说的。"

"什么是选举权？"王后问，"是魔法吗？你们用它做什么？"

"我不知道，"西里尔有点儿厌烦了，"就是选举权，仅此而已！没什么特别的用途。"

"我明白了，"王后说，"一种游戏，好吧，我希望这些奴隶能得到他们最喜欢的肉和酒。"

马上，街上的穷人发现自己的手上出现了许多肉和酒，他们从马车的窗户看到人们手上拿着食物和各种瓶瓶罐罐，烤肉、野禽、红色的龙虾、大螃蟹、炸鱼肉、煮好的猪肉、牛

排、烤洋葱、羊肉馅饼，孩子们手里还有橘子、水果和蛋糕，这使得街上的景象发生了巨大的变化，阳光仿佛都更灿烂了，人们脸上也洋溢着光彩。

"改变很大，不是吗?"王后说。

"这是您许过的最好的愿望了。"简兴奋地说。

车夫把马车停在河边。

"我只能把你们带到这里了。"他说，"你们下车吧。"

他们不情愿地走下车。

"我要喝下午茶了。"他说。孩子们看到马车驾车的座位上堆满了蔬菜、猪排、苹果酱、鸭子、葡萄干布丁，还有一个大罐子。

"你们得付我车费。"车夫凶恶地说，他看了看那一堆东西，又咕哝着下午茶什么的。

"我们会再找一辆车，"西里尔说，"请你给我们找零。"

结果这个车夫不是什么好人，他拿着钱赶起马车消失在路上，根本就没给他们找钱。

人们慢慢在他们周围聚集起来。

"走吧。"罗伯特说，但是他带错路了。

围观的人越聚越多，他们来到了一条小路上，那里有许多穿着黑色衣服的绅士站在人行道上大声谈论着什么。

"他们的衣服太丑了，"巴比伦王后说，"他们之中肯定有几个好人，但是他们的衣服太不体面了，尤其是那个高鼻梁的，我希望他们能穿得像我的大臣那样。"

当然了，她的愿望又实现了。

为了把街上这些人的衣服全部换掉，沙精累得都要昏厥过去了。

那些人都变了样子，脸上仔细地打着粉，头发和胡须打着卷散发着香味，衣服上有大片的刺绣，手上和胳膊上装饰着各种饰品，戴着金色的衣领，佩着宝剑，还有夸张的头饰。

他们突然就变安静了。

一个金发的年轻人打破了沉默："老天，这是怎么了，我眼睛出问题了吗？但是你们的衣服看起来好古怪。"

"古怪？"他的朋友说，"看看你自己，你的头发变成黑色的了，你还长出了胡子，我们肯定是中毒了，你看起来像只大猩猩！"

"老莱温斯泰看起来还好，但我很想搞清楚这是怎么回事，发生了什么？难道是魔术，还是其他什么？"

老莱温斯泰对他的职员说："我觉得这是一场噩梦，刚才街上很多人凭空得到了食物和酒，这肯定是一场大噩梦！"

"我一定也是在做梦，"职员说，他惊恐地看着自己的脚，"我脚上居然穿着凉鞋。"

老莱温斯泰先生说："那些好东西都浪费了啊，这个梦太糟糕了！"

证券交易所的成员们据说都是爱吵闹的人，而他们现在对于身上的古巴比伦服装的厌恶使他们吵得更厉害了，必须互相叫喊着才能让对方听见。

"我只希望，"那个相信是魔法的职员说，"我们能够知道这都是谁干的。"孩子们就站在他身边，他们吓得瑟瑟发抖，因为他们知道他的愿望肯定能实现。

当然，他们立刻就知道了，紧接着就围到了王后身边。

有几个人愤怒地喊道："太可耻了！你应该受到法律的惩戒！把她抓起来，送到警察局！"

王后被吓到了。

"怎么回事？"她问，"他们像被关进笼子里的狮子一样，他们在说什么？"

西里尔简短地解释了一下："他们说'警察'，我知道这也是迟早的事，我不怪他们，这都是你的问题。"

"我希望我的侍卫在这里！"王后大喊。沙精已经筋疲力尽了，他又气喘吁吁地鼓起来，王后的侍卫挤进了小路，拿着武器围在王后周围。

"我要疯了，"罗森·鲍姆先生说，"真是疯了！"

"这是你自己的判断，罗森，"他的同伴说，"我总说你太较真了。"

证券交易所的成员都小心地挪开，避开侍卫手里的尖刀。

但是这条小路太窄了，路上挤的人又太多了，他们一时半会儿也散不开。

"杀了他们！"王后大喊，"杀了这些贱民！"

侍卫按照她的指示去做了。

"这都是梦吧！"老莱温斯泰先生大喊，躲到了职员身后。

"不是，"职员说，"这不是梦，哦，我的老天！这些野蛮人会把所有人都杀死的！亨利·赫什倒下了，普伦蒂斯被劈成了两半，哦，老天啊！胡特、莱昂内尔·科恩、盖伊·尼克斯，他们的头都被砍掉了。梦？我多么希望这一切都是做梦！"

当然啦，他的愿望迅速实现了！所有证券交易所的成员揉揉眼睛，走进屋子里，继续他们的工作，不停地讨论着什么股票、证券。

没人谈论刚才发生的事情，商人可不愿意让别人知道他在工作中开小差，尤其刚才发生的事情又是那么恐怖。

孩子们回到了老保姆的房子里，一个个脸色苍白、瑟瑟发抖，沙精从绣花的口袋里爬出来，四仰八叉地平躺在桌子上，看起来已经筋疲力尽了。

"感谢老天，终于结束了。"安西娅深吸了一口气。

"她不会再回来了，对吗？"简问。

"不会了，"西里尔说，"她本来就生活在几千年以前，但是我们可是为她花了整整一英镑，我们得用几年的压岁钱才能还清这笔债啊！"

"如果所有这一切都是梦就没有关系了，"罗伯特说，"那人说的是一切都是做梦，安西娅，你去问问穷学者是否借过你什么东西。"

安西娅敲了敲穷学者的门，有礼貌地问："不好意思，很抱歉打扰您，请问您今天是否借给我一英镑了？"

"没有，"穷学者透过眼镜看着她，"但是你这个问题很不同寻常，我今天下午小睡了一会儿，我通常不会这么做的，而且我梦到你给了我一枚戒指，你说那是巴比伦王后的戒指，之后我给了你一英镑，而你把戒指给了我，那枚戒指的品相非常好，"他叹了口气，"我真希望那不是一场梦。"

安西娅十分庆幸沙精不在这里，他的愿望没有办法实现。

第九章　亚特兰蒂斯

　　巴比伦王后的这一次伦敦之行是唯一占用孩子们现在的时间的事。孩子们谈论过去的那些精彩的事情，以及他们通过护身符去过的那些地方，虽然他们觉得在过去待了很长时间，但最后一回到伦敦，那些过往的经历就像一道闪电一闪而过。

　　不管是吃饭、散步，在餐厅、客厅、楼梯上，他们都在谈论过去。他们住的是一幢老房子，装修风格曾经也是很时髦的，当然放到现在也是非常好的，楼梯的扶手非常结实，足够让孩子们在上面滑着玩，在楼梯的拐角处有一个壁龛，那里曾经放着优雅的雕塑，现在西里尔、罗伯特、安西娅和简常常在那里玩耍。

　　一天，西里尔和罗伯特穿着白色的睡衣，模仿大英博物馆里看到的雕塑摆一些奇怪的造型，不过他们的游戏突然停止了，因为罗伯特想要模仿米洛的维纳斯，而西里尔手里拿着一个白色的茶托当成铁饼，正在模仿掷铁饼者，他踩着床单单脚站着，而罗伯特刚好猛拉了一下那条床单。于是，拿着"铁饼"的"掷铁饼者"，还有即将扮成功的"维纳斯"都摔倒在地，每个人身上都受了不少伤，那个茶托也摔碎了，不管怎么粘也没法恢复原样了。

"这下你满意了吧？"西里尔说，他手捂着脑袋，脑袋上正鼓起一个大包。

"满意，真是谢谢你了。"罗伯特也很不高兴，他的大拇指卡到了扶手上，差点折断。

"哦，可怜的家伙们，"安西娅说，"你们模仿的还是很像的。我去取一些布条，罗伯特，你去把手用冷水冲一下，我在书上看到过，跳芭蕾的女生腿受伤时，都是这么处理的。"

"什么书？"罗伯特有点儿怀疑，但他还是照做了。

当他回来的时候，安西娅已经用绷带帮西里尔把伤口缠住了。西里尔心里不大情愿地承认，罗伯特并不是故意这么做的。

罗伯特也温和地化解了这次矛盾，安西娅赶忙把话题从这场事故转移开了。

"我想你们可能不希望通过护身符再去别的什么地方了。"她说。

"埃及！"简立刻说道，"我想去看我的朋友。"

"我不想去，那里太热了，"西里尔说，"在这里我都快受不了了，更别提埃及了。"房子里确实很热，即使他们现在在整栋房子里最凉爽的地方，依然很热，"我们去北极吧！"

"我想那里肯定没有护身符，而且，在北极我们的手指头都得冻掉了，那样我们就没法举起护身符，就永远回不了家了。别去北极了，拜托。"罗伯特说。

"哎呀，"简说，"我们去找沙精问问他的意见，他喜欢我们向他问问题。"

沙精被装到袋子里拿下来，他们还没来得及提问，穷学者的门打开了，他们听到里面有人在说话，似乎有访客和穷学者共进午餐，现在好像是要走了。

他说："你得看医生了，老伙计，你说的思维传递都是胡扯，你太专注于工作了，去好好度个假吧，去迪耶普玩玩吧！"

"我更愿意去巴比伦。"穷学者说。

"我希望你有时间去亚特兰蒂斯玩，回来的时候就可以给我的论文提些建议了。"

"我希望可以帮到你，"穷学者说，"再见，保重身体。"

门砰的一声关上了，那位客人微笑着走下楼梯，是一位胖乎乎的矮个子男人，孩子们不得不站起来给他让路。

"你们好啊，孩子们。"他说，他看了看西里尔头上的绷带，又瞅了瞅罗伯特的手，"你们打架了？"

"是的，"西里尔说，"请问您刚才说的亚特兰蒂斯是什么地方？我们刚才不小心听到了你们的谈话。"

简说："你们说话的声音太大了。"

"亚特兰蒂斯，"那人说，"消失的亚特兰蒂斯，赫斯珀里德

斯的花园，消失在海里的大陆，你可以在柏拉图的书中读到它。"

西里尔说："谢谢您。"

"那里会有护身符吗？"安西娅问道。

"有几百个吧，我猜。他常和你们交谈吗？"

"是的，我们经常聊天，他很友善，我们都喜欢他。"

"哦，他真的需要休息了，你们好好劝劝他吧！他需要转换一下环境，你们也看到了，他脑子里装满了古埃及和亚述帝国的知识，其他什么也顾不上了，除非不停地劝说他。但是我没有时间，而你们刚好住在这里，你们可以不停地劝他。你们去试一试，好吗？就这样，再见了！"

他边说边走下楼梯，简觉得他是个好人，她觉得这个人肯定有几个女儿。

她向往地加上一句："我真想和她们玩。"

其他三个孩子交换了眼神，西里尔点点头。

他说："好吧，我们去亚特兰蒂斯。"

"我们就去亚特兰蒂斯，把穷学者也带上，"安西娅说，"他会认为自己是在做梦，但确实可以给他换个新环境。"

"为什么不带他去古埃及呢？"简问。

"太热了。"西里尔马上说。

"那巴比伦呢？他一直想去那里。"

"我受够巴比伦了，"罗伯特说，"至少现在不想去了，我也

148

不清楚这是为什么。而且我们已经去过那里了，西里尔，我们把绷带都拆掉，再换身衣服，我们不能穿着睡衣到处乱跑。"

"他想去亚特兰蒂斯，所以他有时间一定会和我们一起去。"安西娅说。

穷学者听了孩子们的意见之后，靠在椅子上思考了一会儿，他觉得有些不可思议。

"你会去吗？"安西娅问，"和我们一起去亚特兰蒂斯？"

穷学者对自己说："意识到自己在梦里，说明梦快结束了，或许这只是一个游戏。"之后，他又大声说，"非常感谢你们，但是我只剩十五分钟的休息时间。"

"不会花你很长时间的，"西里尔说，"时间只是思维的一个方式，你知道的，你迟早会去的，为什么不和我们一起去呢？"

"好的。"穷学者说，他现在确定自己是在做梦了。

安西娅伸出小手，穷学者抓住它，简拿出了护身符。

西里尔说："直接去亚特兰蒂斯外面。"简念出了咒语。

"笨蛋！"罗伯特说，"亚特兰蒂斯是个岛，它的外面都是水！"

"不，我不去！"沙精大喊着，在袋子里又踢又踹。

但是，护身符已经变成了一扇大门，西里尔先把穷学者推了过去，他没有掉进水里，而是掉到了地板上，其他人也陆续跟了过去，护身符又变成原来的大小。他们几个人站在一艘船上，周围的船员都忙着拉紧铁链，让这艘船运行得再快一些，

那些铁链都像金子一样闪着黄色的光芒。

船上的人都忙着自己的事情，一开始好像没人发现船上多了几个人，那个看起来像船长的人正在发号施令。

他们站在那里，看着远处慢慢出现的陆地，那是他们见过的最美的景色，即使做梦也没有见过。

蓝色的大海在日光下闪烁着微光，海浪轻轻地拍打在大理石防浪堤上，码头是白色大理石做的，闪着耀眼的金光。整个城市都是用红白相间的大理石盖成的，那些宫殿和庙宇的屋顶是用金银铺成的，但是大部分的屋顶是用铜铺的。

从码头开始，宽大宏伟的大理石台阶直通向一个平台，看起来有几千米那么长，经过那些台阶就能走到山上的城市。

穷学者深深吸一口气，说："太棒了！太棒了！"

罗伯特说："我说，先生，您的名字是什么？"

安西娅温柔又有礼貌地说："他的意思是，我们一直没有记住您的名字，我只记得是德什么。"

"我在和你们一样大的时候，大人都叫我吉米，"他说，"你们可以这样叫我吗？在这样的梦中，我想让自己自在一些，就好像我能成为你们之中的一员。"

"非常感谢您，吉米。"安西娅大胆地说，因为叫一个成年人吉米实在有些奇怪。"吉米。"她又说，这次就好多了，吉米也面带微笑，看起来很开心。

现在船已经停泊好了，船长就有时间去注意其他事情了。

他朝孩子们走过来。他穿着华丽的礼服，这对航海生活来说有点儿不太合适。

"你们在这里做什么？"他凶狠地问道，"你们是敌是友？"

"当然是友，"西里尔努力地解释，"很抱歉打扰到您了，但我们是通过魔法到这里的，我们来自日不落帝国。"

"我知道了，"船长说，"我一开始没有注意到你们，但我希望你们是好人，这很有必要。那么这个人呢？"他指了指穷学者，"是你们的奴隶吗？"

"不，"安西娅说，"他是个很好的人，一位圣人，可以这么说吗？我们还想参观你们美丽的城市，然后我们就回去，他会把看到的讲给他的朋友听，他的朋友会把这些写成书。"

船长用手拨弄着绳子，问道："书是什么？"

"一种写下来的记录，或者……"她想起了古巴比伦的书，又说，"雕刻出来的东西。"

简冲动地拽出护身符，说："就像这样的。"

船长好奇地看着护身符，令其他三个孩子如释重负的是，护身符上的名字没有引起他特殊的兴趣。

"这是我们国家的石头，"他说，"那上面刻的字也很像我们的文字，但是我读不出来，你们的圣人叫什么名字？"

"吉……吉米。"安西娅支支吾吾地说。

船长重复了一遍："吉吉米。你们要上岸吗？我能带你们去见国王吗？"

"我有个问题,"罗伯特说,"你们的国王讨厌陌生人吗?"

"我们有十位国王,"船长说,"皇室都是海神波塞冬的后代,如果陌生人是友好的,那么他们就会友善地对待。"

"那么就请带我们去吧!"罗伯特说,"不过,我也想看看你们这艘漂亮的船,还想跟着它航行。"

"那得稍等一阵子了,"船长说,"现在恐怕会有风暴,你注意到那怪异的轰隆声了吗?"

"没关系的,船长,"旁边的一位老船员说,"不过是沙丁鱼倒进船舱而已。"

"声音太响了。"船长说。

一阵不安的沉默过后,船长登上码头,其他人跟在他后面。

"多和他谈谈,吉米,"安西娅边走边说,"你可以帮你的朋友找到各种写书的素材。"

穷学者真诚地说:"请原谅我,可是我一说话就醒了,而且,我听不懂他在说什么。"

其他人也没什么好说的,所以,他们安静地跟在船长后面走着,穿过城市的街道,道路的两边有许多商店和房屋。

"这就像古巴比伦一样,"简小声说,"只不过周围的东西都不一样。"

"十位国王很友善,这一点还是很令人欣慰的。"安西娅小声对西里尔说。

"是啊,"西里尔说,"希望这里没有地牢。"

街上没有马和马车,只有一些手推车在街上跑来跑去,工人头顶着包裹,还有好多人骑在像大象似的野兽上面,但是这种野兽身上全是毛,而且表情也不像大象那么温和。

"猛犸象!"穷学者咕哝着,还被路上的一块小石头绊了一下。

他们走着走着,不断有人围上来,但是,每次围上来的人太多的时候,船长就会把他们赶走,他会说:"日不落帝国的孩子们,和他们的主教来保佑我们的城市。"

听到他这么说,人群就会低声讨论着散开。

许多房子上都覆盖着金子,但是大一些的建筑上的金子颜色是不一样的,上面还有银色的尖顶。

"这些房子都是金子做的吗?"简问。

"那些寺庙当然是金子做的,"船长说,"但是那些普通的房子只是盖着黄铜,那花不了多少钱。"

穷学者突然变得脸色苍白,神情恍惚地念叨着:"黄铜……黄铜。"

"别害怕,"安西娅说,"我们可以立刻回家,只要把护身符拿出来就行,你要回去吗?我们可以以后再来。"

"哦,不,不,"他马上拒绝了,"让梦继续下去,求你们。"

"吉吉米大人可能对他的魔幻旅程有点儿厌倦了。"船长发现穷学者的脚步不太稳,说,"我们离大神庙还远着呢,今天国王都在那里祭祀。"

他在一扇大门前停下脚步,那里像是一个公园,因为能看到墙的那边有很多树。

大家都站在那里等着,船长很快带着一头猛犸象回来了,让他们坐上去。

他们就爬了上去。

这是一次奇妙的旅行，虽然坐在大象身上也很奇妙，但是大象只会驮着你走一小段路程，然后就走回去了，总是不过瘾。但是这只长毛野兽一直沿着街道不停地走着，穿过广场和花园。这是一座美丽的城市，所有的一切几乎都是用大理石做成的，他们时不时地还会跨过一座桥。

直到他们到达山顶，站在城市的正中央，才发现整个城市被分成二十个圆圈，陆地和水域分隔，中间用桥联通着。

他们现在在一个大广场上，广场的一边有一栋高大的建筑，大楼的墙上都是金子，屋顶上是银子。其他的房子就是用黄铜装饰的，在阳光下闪闪发光，看上去比想象中的还要美丽。

猛犸象停下来，笨拙地将前腿慢慢跪下。"你们要先沐浴。"船长说，"这是习俗，你们知道吗，在觐见国王之前要做的。我们分别为男人、女人、马匹、家畜准备了不同的沐浴的地方，这里是最高级的沐浴间，我们的海神波塞冬赐予了我们温泉水和冷泉水。"

孩子们从来没有在金子做成的浴缸里洗过澡。

"这里太棒了！"西里尔说。

"不过这可不是金子做的，叫什么来着？"罗伯特说，"给我递一下毛巾。"

浴室的地上有几个水池，走几个台阶就能下去。

大家都洗完澡，来到开满花的庭院里。穷学者看起来更有精神了。"吉米，"安西娅有点儿害羞，她说，"你难道不觉得这里更像现在而不是古巴比伦或者古埃及吗？哦，我忘记了，你没去过那两个地方。"

"但是，我对那些国家略有了解，"他说，"我非常同意你的观点，你的眼光很独特。这个城市似乎比古巴比伦和古埃及的文明程度更高一些。"

"跟我来，"船长说，"现在，男孩们让开。"几个男孩正拿着绳子把干栗子绑在一起，船长推开他们走了过去。

"哦!"罗伯特说,"他们在玩板栗游戏,就像肯特镇的孩子们玩的一样!"

他们又发现面前有三面墙,船长告诉他们,最外层的墙是铜制的,中间一面墙看起来像银做的,但其实是锡,最里面那面墙是黄铜做的。

正中央是一面金色的墙,还有金色的庙宇和大门。

"看,那是海神波塞冬的庙宇,"船长说,"我不能进去,我会在这里等你们出来。"

船长还告诉他们应该说些什么,然后,他们五个人就手拉着手向前走去,金色的大门慢慢打开。

"我们是来自日不落帝国的孩子,"西里尔照船长嘱咐他的话说,"还有我们的圣人,船长是这么称呼他的,我们在家用别的名字称呼他。"

门口站着一个穿白色长袍的男人,他展开双臂,问道:"他叫什么名字?"

"吉……吉米。"西里尔答道,他像安西娅刚才说的那样结结巴巴,对一位学识渊博的人这么叫还是很冒犯的,他又紧张地小声说,"我们来这里是要去波塞冬的神庙见你们的国王,我说对了吗?"

"奇怪,"穷学者说,"太奇怪了,我能听懂你说的,但是却听不懂他们说的话。"

"巴比伦王后也发现了这一点,"西里尔说,"这只是魔法的一部分。"

"哦，多么美妙的梦！"穷学者说。

穿着白色长袍的祭司身边围上来许多人，他们都弯着腰深深鞠躬。

"进来吧，"他说，"请进，来自日不落帝国的孩子们，还有你们的圣人，吉吉米。"

院子里面有一座庙宇，闪烁着银色的光，塔尖和门是金色的，除此之外，还有二十座巨大的雕像，一根巨大的、用一种其他的金属铸成的柱子。

他们穿过大门，祭司带着他们走上楼梯，又走进一个大厅，在那里他们能更好地欣赏景色。

祭司说："十位国王正在挑选公牛，我必须回避。"说完，他就在大厅外面低下头，不再往前走，孩子们继续欣赏着景色。

屋顶是象牙做成的，上面还镶嵌着珍贵的金属，墙上还嵌着一排排的黄铜。

远处还有一排雕塑，雕的都是他们没见过的东西。

那些雕塑都是金的，最主要的那个都快碰到屋顶了，那就是海神波塞冬，整个城市的神，他站在一辆六匹马拉的巨大战车上，周围有一百条骑着海豚的人鱼。

还有十个只拿着棍子和绳子的男人，穿着十分华丽，他们正试着从十五头公牛里面抓住其中一头。孩子们屏住呼吸，因为那些牛狂躁地晃着脑袋，巨大的牛角看起来十分危险。

安西娅不想看那些牛，她环顾四周，发现还有一截楼梯通到上面那一层，那里有一扇门，门外看起来像是个露天的阳台。

突然传来一声喊叫，罗伯特小声说："抓住了！"安西娅又往下看，见到牛群被人用鞭子赶了出去，十位国王跟在后面，其中一位国王用棍子赶着一头黑牛，黑牛被绳索套着，不停地扭动想要挣脱束缚。男孩们说："这就没什么可看的了。"

安西娅说："还有东西可看，那里有一个阳台。"

于是他们一起走了过去。

但是，女孩们很快退了回来。

"我不喜欢看祭祀。"简说，于是她和安西娅跑去找祭司，祭司现在不用低着头了，但是他坐在最高的台阶上用白袍子擦着额头，因为今天实在是太热了。

他说："这是一场特殊的祭祀，通常是在每五至六年的审判日举行，国王会喝下加了牛血的酒，并且宣誓要忠于正义，之后就会穿上神圣的蓝色长袍，把神庙的火都熄灭。而今天是因为大海总是传来奇怪的噪音，还有山里的神发出的轰隆隆的雷声，所有的状况都发生得如此频繁，如果有什么会让我不安，那只能是那个了。"

"那个是什么？"简问。

"是旅鼠。"

"那是什么，敌人吗？"

"它们是一种老鼠，每年它们不知道从什么地方游过来，停留一段时间，然后再游走。今年它们还没来，你们知道吗，老鼠不会待在即将沉没的船上，如果我们这里将要发生什么不幸的事情，我相信那些旅鼠一定会知道的，所以它们一直没有过来。"

"你们的国家叫什么名字？"沙精突然从包里伸出脑袋问道。

"亚特兰蒂斯。"祭司说。

"我建议你们到最高的地方去，我记得这里会发洪水，听我说，"他转向安西娅，"我们回家吧，这地方对我来说太潮湿了。"女孩们听话地去找男孩们，他们正靠在阳台的栏杆上，看着祭祀典礼。

"学者先生去哪儿了？"安西娅问。

"他在那里，下面，"祭司跟着他们一起走过来说，"你们的吉吉米圣人和国王待在一起。"

穷学者跟十位国王一起站在祭坛的台阶上，没人知道他是怎么过去的，那头黑牛倒在台阶上，院子里站满了人，黑压压的，所有人都大喊着："大海！大海！"

"大家安静！"套住黑牛的那位国王开了口，他看起来也是最有威严的国王，他说，"我们的国家十分牢固，足以抵抗海上和天空中的雷击。"

"我要回去。"沙精抱怨着。

"我们必须带着他一起走。"安西娅坚定地说。

"吉米！吉米！"她喊道，并且向他挥舞手臂，他听到了她的声音，穿过人群朝这边走来，他们从阳台上看见船长也在试

图穿过人群，他的脸像纸一样白。

"快去山上！"他用一种可怕的声音大喊着，但是另一个声音盖过了他的话，这声音更洪亮、更可怕，那是大海的声音。

女孩们朝大海的方向看过去。

远处的海面上，一片黑色巨大的东西朝城市涌过来，那是海浪,但是有一百英尺高,看起来像一座山一样,海浪越来越高,突然分成了两半,其中一半又冲回海里,另一半——

"哦,"安西娅说,"可怜的人们!"

"事实上,这都是几千年前发生的事了。"罗伯特说,但是他的声音在颤抖。他们捂住眼睛,根本不敢往下看,海浪已经冲进城市,把码头和港口都淹没了,冲垮了仓库和工厂,桥上的巨石被拍碎了,碎落的石头夹杂在海水里,往神庙砸了过去。船只被推向了屋顶,又冲下来停在破损的花园和建筑上,那些棕色的渔船被打成了粉末,散落在宫殿的金色房顶上。

接着海浪又退回到海里。

"我要回家!"沙精声嘶力竭地喊道。

"哦,好的,好的!"简说,男孩们也过来了,但是穷学者还没过来。

他们突然听到他冲进了走廊里面,大喊着:"我一定要看到这场梦的终结。"他越跑越远。其他人跟在后面。他们发现自己跑进了一座小塔里面,小塔上有屋顶,但是四周没有墙。

穷学者靠在栏杆上,等他们也跑过去的时候,看到海上的巨浪又冲回城市,这次的海浪更高,更具毁灭性。

"回家!"沙精高喊着,"这是最后的机会,我知道!最后的机会了,看那边!"他的爪子颤抖着指向海浪。

"哦,走吧!"简大叫着,手里举着护身符。

"我要见证这场梦的终结!"穷学者大喊。

"如果你看到了，那你将再也见不到其他的东西！"西里尔说。

"哦，吉米！"安西娅哀求道，"我以后再也不带你出来了！"

"你们再不走，就什么机会都没有了！"沙精说。

"我就要看着这场梦完结！"穷学者还在坚持。

山上黑压压的，全是从村子里逃出来的人，即使他们逃到了山上，白色的山峰上飘起了薄薄的烟，然后又闪烁着火焰的微光，火山开始喷发，大地在颤抖，火山岩浆喷洒出来，石头像雪一样掉落到干枯的大地上。森林里的巨象也焦急地往山上跑去，大蜥蜴被冲进大海，山顶的雪开始融化，引发了雪崩，汹涌地冲了下来。火山喷出来的巨大岩石，掉落在海水里，溅起的水花迸出几英里远。

"哦，这太可怕了！"安西娅说，"快回家吧！"

"梦的终结。"穷学者叹息着。

"举起护身符！"沙精突然大叫，他们站的地方现在挤满了人，孩子们被挤得紧紧靠在栏杆上，小塔不停地摇晃，海浪已经近在咫尺。

简举起护身符。

"快！"沙精说，"说出咒语！"

简念出咒语的时候，沙精从袋子里跳出来，狠狠咬住穷学者的头。

与此同时，男孩们把穷学者推进拱门，所有人跟着他一起穿了过去。

穷学者转过头往回看，拱门外什么也没有了，只剩一片汪洋大海，只有火山顶露在海面上，依然在喷射着火焰。

穷学者摇摇晃晃地坐回椅子上。

"多么可怕的梦啊！"他气喘吁吁地说，"哦，你们在这里，嗯，有什么需要我帮忙的吗？"

"你的手受伤了，"安西娅温柔地说，"我来帮你包扎吧！"

穷学者的手确实伤得很严重。

沙精已经爬回了袋子里，孩子们都脸色苍白。

"我再也受不了了，"沙精说，"我再也不要跟成年人一起去过去了！至少你们还算听话，不会擅自行动。"

过了一会儿，安西娅说："我们还没有找到护身符。"

"你们当然找不到，它不在那里。那里只有做成护身符的那块石头，它掉到一艘逃出来的船上，然后被运到埃及，我应该早点儿告诉你们。"

"我也希望你说了，"安西娅说，她的声音仍然颤抖着，"为什么你没有告诉我们呢？"

"你们又没问过我，"沙精闷闷不乐地说，"我又不是那种没事到处给别人讲故事的人。"

"吉吉米的朋友这下可有的写了。"西里尔说。

罗伯特迷迷糊糊地说："不会的，吉吉米大学者认为一切都是梦，十有八九他是不会对任何人讲这件事的。"

罗伯特说的没错，穷学者确实没有告诉任何人一个字。

164

第十章 黑女孩和恺撒大帝

　　一座伟大的城市被海水冲垮了，一个美丽的国家被火山掩埋，这可不是你每天都能看到的景象。而当你见识过之后，那么不管你以前见识过多少奇观，这景象仍然能使你窒息，亚特兰蒂斯的景象就对几个孩子产生了这样的影响。

　　接连几天，他们都沉浸在那样的景象之中，穷学者和他们的反应一样，他一直给安西娅讲自己的奇幻梦境。"你肯定不会相信，"他说，"居然有如此细致的梦境。"

　　但是，安西娅说自己完全可以感受得到。

　　他一直在说思维传递，他现在见识了这么多的奇闻异事，已经完全相信思维传递确实存在。

　　因为这次旅行的遭遇，孩子们中没人再提出用护身符出去冒险了，罗伯特说他有点儿受够了护身符，这也表达了其他人的心声，他们确实受不了了。

　　而沙精回到沙子里待着，他可被那场洪水吓坏了，还有巴比伦王后那些任性的要求也让他筋疲力尽。

孩子们没有打扰他，而且带着他在陌生人之间行动的风险太大了，不知道什么时候就会有人许下什么愿望。

在伦敦，没有沙精或护身符的帮助，也可以做许多有趣的事情。你可以去参观伦敦塔、国会大厦、国家美术馆、动物园、各种公园、南肯辛顿的博物馆、杜莎夫人蜡像馆，还有基尤的植物园。几个孩子想要去基尤的话就得坐船，不过他们还没有出发，因为他们还在讨论怎样安排行程、应该带什么吃的、带多少钱、总共会花多少钱。

孩子们坐在圣詹姆斯公园的椅子上，他们一直盯着鹈鹕看，它正小心地驱赶着海鸥，而海鸥却总是要凑上来跟它玩耍似的。鹈鹕心里很有可能想着自己没心思玩什么游戏，所以它一直在驱赶海鸥。

亚特兰蒂斯造成的影响慢慢减退了一些，西里尔对所有事情都喜欢刨根问底，他在脑海中一直琢磨着整件事情。

当罗伯特问他怎么看起来有点儿生气，他回答说："没有，我在思考，我想好了会和你们说的。"

"如果是关于护身符的，我可不想听。"简说。

"没人强迫你听，"西里尔和善地说，"而且我现在还没想好，我们现在去植物园吧！"

"我想坐船。"罗伯特说，女孩们笑了起来。

"没错，"西里尔说，"真有趣，我也要坐。"

"是啊，没错。"安西娅说。

罗伯特爽快地说："我可跟你们想的不一样。"

"哦，算了，"西里尔说，"还是说说植物园吧！"

"我想去那儿看棕榈树，"安西娅赶忙说，"看它们是不是跟我们冒险时见过的那种树一样。"

所有的不愉快都被愉快的回忆驱散了，他们讨论了起来："你还记得……你有没有忘记……"

当回忆告一段落，西里尔感慨道："哎呀！我们度过了不少好时光啊！"

"是啊！"罗伯特说。

"我们不要再去了吧。"简有些焦虑。

"我正在考虑这个问题，"西里尔说，这时，他们听到一个黑女孩呼哧呼哧地吸鼻子，站得离他们特别近。

她也不是真正的黑人，她的衣服破破烂烂的，身上也是脏兮兮的，她一直在哭，眼睛肿得像桃子一样，让别人根本看不出她的眼睛是多么蓝。她的裙子是黑色的，但是穿在她身上太大了，一点儿也不合身。她还戴了一顶黑色的水手帽，也是特别大。她就站在那里看着孩子们，还不停地抽泣着。

"哦，亲爱的！"安西娅跳起来说，"发生什么事了？"

她用手抓住小女孩的胳膊，但是被狠狠甩掉了。

"离我远一点，"小女孩说，"我不会为你做任何事情！"

"出了什么事啊？"安西娅问，"有人伤害你了吗？"

"那不关你的事!"小女孩很凶地说。

"走吧,"罗伯特拽拽安西娅的袖子说,"她真是个粗鲁的女孩。"

"哦,不行,"安西娅说,"她只是不开心而已,到底发生了什么?"安西娅又问。

"哦,你没错。"小女孩说。

安西娅说:"我们能带你回家吗?"

简也说:"你的妈妈住在哪里?"

"她没有住的地方,她已经去世了!"小女孩语气凌厉,有一种胜利的悲壮,她睁开肿胀的眼睛,暴怒地跺着脚,然后跑开了。她没跑出多远,就扑倒在地上哭了起来,根本没有停下来的意思。

安西娅赶快跑到小女孩身边,紧紧抱住她。

"哦,别哭了,亲爱的,别怕,别哭了!"她轻声地安慰着,小女孩的水手帽也蹭歪了,"给我讲讲吧,我会帮助你的,好了,好了,不哭了。"

其他人都远远地站着,路过的行人好奇地盯着他们看。

女孩现在哭得没那么厉害了,她似乎在断断续续地给安西娅讲着什么。

过了一会儿,安西娅把西里尔叫了过去。

"太可怕了!"她对西里尔说,声音压得极低,"她的父亲是一位木匠,人也很老实,平常滴酒不沾,只有周六的时候少喝一点儿。他到伦敦来寻找工作，但是运气不好，一直也没有找到工作机会，不久就去世了。这个小女孩叫伊莫金，她十一月就满九岁了，而她的妈妈也去世了，她今天晚上要去施诺布夫人那里，那是一位很善良的女主人，她收留了伊莫金。可明天就有孤儿院的人来接她，她就要被送到救济院里，这太糟糕了，我们该怎么办?"

"我们去问问穷学者吧。"简建议道。

没有人能想出比这更好的办法了，他们尽快赶回家里，小女孩紧抓着安西娅的手，这时她已经不哭了，只是轻轻地吸着鼻子。

穷学者正忙着写什么，几个孩子走进他的房间，他抬起头冲着他们微笑，精神比之前好了很多，笑容也变得自然很多，就连那个木乃伊似乎都在微笑，露出很高兴见到他们的样子。

安西娅和伊莫金一起坐在台阶上，其他人在屋子里和穷学者讲他们遇到的困难。穷学者仔细听着他们的话。

"她真的太倒霉了，"西里尔最后说，"因为我经常听说有钱人非常想要一个孩子，虽然我想我应该不要，但是他们需要，我想肯定会有人想要收养她。"

"吉卜赛人特别喜欢小孩，"罗伯特满怀希望地说，"或许他们会收留她。"

"她真的是个好女孩，"简说，"她一开始很粗鲁，因为我们表现得很开心，而她不开心，你能懂的，对吗?"

穷学者心不在焉地用手拨弄着一张小图片，他说："我完全能理解，就像你说的，一定会有一个家庭欢迎她的。"他皱着眉头，若有所思地看着那张图。

安西娅坐在外面，她想着他们在里面也聊得太久了吧。她一直安慰着小女孩，所以没有注意到沙精被她的声音吵醒了，他抖了抖身上的沙子，慢慢地爬上楼梯。等安西娅注意到的时候，他都爬到她身边了，她把沙精捧起来放到膝盖上。

"这是什么？"女孩问，"是猫，还是橘色的猴子，还是什么别的东西？"

这时，安西娅听到穷学者说："哦，我希望我们能够找到一个乐意收留她的家庭。"与此同时，她感受到沙精在她膝盖上膨胀了起来。

她跳起来把沙精包在裙子里，又拽起小女孩，急匆匆冲进穷学者的房间。

"我们必须在一起，"她喊道，"握起手来，快！"

大家围成一圈，安西娅为了用裙子把沙精兜住，用牙咬住裙子的边缘，也上去和大家手拉手围成一圈。

"我们是要玩游戏吗？"穷学者问，但是没人回答他。

大家一直等着，然后开始天旋地转，每一次用魔法进行地点转移的时候都会有这种感觉，之后就会觉得特别眩晕。

等各种不适症状慢慢消失之后，他们六个人依然站成一圈，只不过他们脚下不再是穷学者屋子里的地毯，变成了绿色的草坪，头顶上灰暗的天花板变成了蓝天白云，墙壁也变成了橡树林，树木之间还缠绕着灌木丛和常春藤，还有一些山毛榉，但是这些树下除了落叶之外什么都没有。

他们手拉着手围成一圈站在那里，好像正准备玩什么游戏似的，但是他们其实根本不知道自己身在何处，甚至都不知道这是什么时代。这种神秘的感觉让穷学者忍不住说："又做梦了吗，我的天！"孩子们马上确定他们来到了一个很久以前的时间点，而小伊莫金说了句"哎呀"，嘴巴就一直大大地张着。

"我们在哪里？"西里尔问沙精。

"在古老的英国。"沙精说。

安西娅着急地问："但是是在什么时候？"

"比你们有计时法再早五十五年，也就是公元前55年。"沙精生气地说，"你还有什么要问的？"他从安西娅的裙子里探出头来，长长的眼睛四处转动，"我以前来过这里，几乎没什么变化。"

"是，但为什么是这里？"安西娅问。

"去问你那轻率的朋友吧，"沙精说，"是他要给你们捡到的那个不招人喜欢的小女孩找个愿意收留她的家庭，鬼知道怎么就到这里来了，在文明社会中，有教养的孩子是不会跟寒酸的陌生人搭话的，你们粗心的朋友想给这个不讨喜的陌生人找个家，所以你们就到这儿来了。"

"我看出来了，"安西娅看了看四周的森林，耐心地说，"但

171

为什么是这里，这样的时间点？"

沙精生气地说："你觉得在你的时代会有人收养这样的孩子吗？你们已经把自己的国家搞得一团糟了，没人想要小孩子了。"

"那不是我们的错，你知道的。"安西娅轻声说。

"而且就这么把我带到这里，一点儿防水措施也没有。"沙精依然在发脾气，"所有人都知道古代英国是多么潮湿！"

"喏，拿着我的外套。"罗伯特说着脱下外套。安西娅把衣服铺到地上，把沙精包裹得严严实实，只剩一双眼睛和两只毛

茸茸的耳朵露在外面。

"好了，"安西娅说，"这下子一有下雨的迹象，我很快就能把你保护好，那么我们下一步应该怎么办？"

其他人都松开手，仔细地等着问题的答案，伊莫金有点儿害怕，她小声说：

"猴子也可以说话！我一直以为只有鹦鹉才能说话！"

"怎么办？"沙精说，"你们爱怎么办就怎么办！"然后他就缩进罗伯特的衣服里，不再出声。

大家互相看着。

"这只是个梦，"穷学者满怀希望地说，"只要我们不醒来，就一定会发生些什么。"

没错，确实发生了些事情。

本来沉静的森林突然被小孩子的笑声打破了。

"我们去看看吧！"西里尔说。

"这只是梦。"穷学者对简说，"如果你坚持不随着梦境一起走，那么你会醒来的，你知道的。"

树林中有窸窸窣窣的声音，穷学者走在前头，领着大家一起往前走。

没一会儿，他们就到了森林里的一片空地，那里有好多的房子，是用泥和木板搭起来的，更像是临时搭起来的小屋子。

"这儿有点儿像古埃及的镇子。"安西娅轻声说。

确实挺像的。

几个没穿衣服的小孩子在玩游戏，他们也围成一个圈跳着舞。在河岸旁有几个女人，她们穿着蓝白相间的袍子和兽皮罩衣，坐在那里看着孩子们玩耍。

穷学者和孩子们站在那里看着他们玩游戏，一个梳着长辫子的金发女人没有和其他人坐在一起，而且她看着孩子们做游戏的眼神让安西娅觉得特别难过。

"她的孩子不在那里。"安西娅想。

伊莫金拽拽安西娅的袖子。

"你看，"她说，"那个女人特别像我妈妈，我妈妈一有时间也会把头发梳成那样的辫子，我妈妈活着的时候，从来都不会打我，我想不会有那么像的两个人，你觉得呢?"

伊莫金渴望地迈出脚步，走出了森林，那个悲伤的女人看到她，立刻站了起来，她的脸上焕发出光彩，向着伊莫金伸开双臂。

"伊莫金!"她喊道，"伊莫金!"

突然周围安静下来，小孩子们停止了游戏，女人们不安地凝视着她们。

"哦，是妈妈，妈妈!"伦敦来的伊莫金喊道，冲了过去，她和她的妈妈紧紧抱在一起，一直这么抱着，仿佛一座石像一样站着。

女人们围拢过来。"是我的伊莫金!"女人哭喊着。

"哦，是真的! 她没有被狼吃掉! 她又回来了，快和我说说，我的宝贝，你是怎么逃脱的？你去哪儿了？谁给你的食物和衣服？"

"我也不知道。"伊莫金说。

"可怜的孩子！"周围的女人小声说着，"她被那些狼吓得神志不清了。"

"那你认识我吗？"金发女人问。

伊莫金伸出胳膊抱住她的脖子，说："哦，当然啦，我当然记得你，妈妈。"

"发生什么了？他们在说什么？"穷学者着急地问。

"你许愿说要到有人收养那个小女孩的地方，"沙精说，"那个小孩说那是她的妈妈。"

"妈妈？"

"你自己看吧。"沙精说。

"是真的吗？我是说，她真的是她的孩子？"

"谁知道呢？"沙精说，"但是她们互相为对方填补了心中的空缺，这就够了。"

"哦，"穷学者说，"这个梦真好，我希望那个孩子能一直留在梦里。"

沙精又鼓起来实现了这个愿望，所以伊莫金的未来就有保障了，她终于找到愿意收留她的人了。

"要是所有没人要的小孩子……"穷学者正说着，那个女人打断了他，她朝他们走过来。

"欢迎你们!"她大声说,"我是王后,我的孩子告诉我是你们帮助了她,我相信她的话,因为你们看起来很正直。你们的打扮很奇怪,但是我能从你们的脸上看出很多东西,我的孩子可能有些糊涂,但是她是不会撒谎的,你们说呢?"

　　孩子们都说这不值一提。

　　多希望你们也能看到,那些古代英国人给了孩子们和穷学者多少荣誉。

　　"我觉得你们对我有很大的影响,"穷学者说,"在认识你们之前,我从没有做过这么好的梦。"

　　他们这时正躺在干稻草上,看着天上的星星,西里尔说:"哦,我们所做的对伊莫金来说非常好,而且我们也很愉快,但我觉得我们一定要赶在战争开始之前回家。"

　　"什么战争?"简打着哈欠问。

　　"是恺撒大帝,小笨蛋,"西里尔答道,"你没发现现在是公元前55年,恺撒大帝随时会发动战争。"

　　"我以为你很喜欢恺撒大帝呢。"罗伯特说。

　　"我是很喜欢他,只是喜欢他的事迹,但是,被他的士兵所杀可就是另外一回事了。"

　　"如果我们见到恺撒大帝,可以劝他不要发动战争啊。"安西娅说。

　　"你劝说恺撒?"罗伯特说着笑了起来。

　　穷学者又说:"我只希望可以见到恺撒大帝。"大家都没来得及阻止他。

当然啦,沙精很快又一次鼓了起来,他们五个人,算上沙精有六个,发现自己来到了恺撒大帝的营地,就站在恺撒大帝帐篷的外面,而且他们看到了恺撒大帝。沙精一定是利用了穷学者愿望中的漏洞,因为现在和刚才许愿的时候不是同一个时间。现在是日落时分,那个伟大的男人坐在帐篷外的椅子上望着大海对面的不列颠,也就是今天的英国。帐篷两边的柱子上站着两只金色的鹰,华丽的帐篷上写着"SPQR"几个字母。

恺撒大帝从海面上挪开视线,对于这几个陌生来客他并没有感到吃惊,即使他们就这么凭空出现,恺撒大帝甚至连眼睛都没有眨一下,那些侍卫已经举起了武器,他冷静地朝他们挥了挥手。

"退下!"他的声音像音乐一样美妙,"恺撒大帝什么时候怕过小孩子和学者了?"

孩子们和恺撒大帝交流起来没什么难度,但是穷学者听起来就没那么轻松了,恺撒大帝说的是拉丁语,穷学者也试着用拉丁语说道:

"这是一个梦,恺撒大帝。"

"梦?"恺撒大帝说,"什么梦?"

"现在就是梦境。"穷学者说。

"这不是梦,"西里尔说,"这是魔法,我们来自另外一个时空。"

"而且我们想劝您不要征服英国。"安西娅说，"那里并不大，没有进攻的必要。"

　　"你们是从英国来的吗？"恺撒问道，"你们的衣服可不怎么样，但是布料看起来还不错，你们的头发太短了，像罗马人一样，一点儿也不像那些野蛮人。"

　　"我们不是，"简生气地说，"我们才不是野蛮人，我们是来自日不落帝国的，而且我们在书上看到过你的故事，我们的国家有许多好东西，圣保罗大教堂、伦敦塔、杜莎夫人蜡像馆，还有……"

　　其他人赶忙制止了她。

　　"别胡说了。"罗伯特低声警告她。

　　"你们三个大孩子可以在营地里四处参观一下，你们可以参观恺撒的营地，但是学者和最小的女孩必须和我一起待在这里。"

　　大家都不喜欢这样的安排，但是恺撒大帝的命令是不能违抗的，所以他们只好走了。

　　这下只剩恺撒大帝、简和穷学者了，恺撒大帝觉得这样就比较好套话了，但是一切并不像他想的那么容易。

　　穷学者坚持说这是梦境，其他的什么都不愿意多说，因为说多了梦就会醒来。

　　简说了一堆铁路、电灯、热气球、士兵、大炮、炸药，也没有什么有用的信息。

"他们打仗会用剑吗?"恺撒问。

"是的,用剑、枪和大炮。"

恺撒大帝想知道枪是什么。

"你对着别人射击,"简说,"他们就倒下死掉了。"

"但是枪长什么样子?"

简描述不出来。

"罗伯特口袋里有一把玩具枪。"她说，所以恺撒大帝又把其他人叫了回来。

男孩们给恺撒大帝详细地讲了枪是什么样的，他仔细地研究着那把玩具枪，这把两先令的玩具枪在古埃及时可帮了他们不少忙。

"我应该把枪运用起来，"恺撒大帝说，"在我查清你们的话之前，你们必须留在这里。我本来觉得英国没有什么进攻的必要，但是听了你们的话之后，我觉得进攻还是大有必要的。"

"这都是我们胡说的，"安西娅说，"英国只是一个荒蛮的小岛，除了大雾、树、河水，就什么都没有了，但是那里的人很友好，我们认识那里的一个叫伊莫金的女孩。您造出枪也没有用，因为您没有火药，而且还得再有几百年人类才会发明出火药。我们也不知道怎么制造火药，没办法告诉您，请您回到自己的故乡吧，尊敬的恺撒大帝，不要进攻可怜的英国人了。"

"但是这个小女孩说……"恺撒大帝说。

安西娅打断他的话："简跟您说的事情都是未来才会发生的，几百年之后才会发生。"

"那个小女孩是预言家，对吗？"恺撒大帝面色古怪，"她年纪太小了，不是吗？"

"如果您愿意的话，可以叫她预言家，"西里尔说，"但是安西娅所说的都是真的。"

"安西娅？"恺撒大帝说，"这是个希腊名字。"

"很有可能，"西里尔焦急地说，"我真的希望您能放弃进攻英国的想法，不值得，真的不值得！"

"恰恰相反，"恺撒大帝说，"你们所说的一切已经使我下定决心了，因为那是唯一可以确定英国情况的方法。侍卫，把这几个孩子抓起来。"

"快，"罗伯特说，"趁侍卫还没过来，赶快拿出护身符，我们在古巴比伦可是受够了牢狱之灾。"

简背着日落的方向举起护身符，并说出了咒语，穷学者被推了过去，其他人跟在他后面迅速穿过拱门，回到了穷学者那布满灰尘的客厅。

恺撒大帝的军队驻扎在高卢，他坐在帐篷前欣赏着日落，看着英吉利海峡的海水，突然，他揉了揉眼睛，叫来卫兵，那个年轻人急忙从帐篷里出来。

"马卡斯，我做了一个非常精彩的梦，虽然有的部分记得不太清楚了，但是我清楚地记得，我决定了，明天我们就去进攻对面这座岛，带上两个军团。如果我们得到的消息正确的话，这些军队就足够了。但是，如果我的梦是真的，那么一百个军团也不够。"

孩子们坐下来喝茶的时候，罗伯特对简说："要是你不跟恺撒大帝讲现在的事情，他永远也不会进攻英国。"

"哦，胡说，"安西娅说，"这些都是几千年前就安排好的事情。"

"我不知道了，"西里尔说，"请把果酱递给我。这可太混乱了，如果所有的事情都是同时发生的……"

　　"不可能！"安西娅坚定地说，"现在是现在，过去是过去。"

　　"这可不一定，"西里尔得意扬扬地说，"我们在过去的时候，现在就是未来！"

　　安西娅无可反驳。

　　"我倒是想再多参观一下他们的营地。"罗伯特说。

　　"是啊，我们这次的收获可不大，但是伊莫金得到了幸福，这就够了。"安西娅说，"我们帮她在过去找到了幸福，我以前在书上总是看到古代的人们过得很幸福，现在我大概理解了。"

　　沙精都快睡着了，他靠在袋子里，说："这个主意不错，留在过去。"

　　后来发生那件事的时候，大家都记起了这句话。

第十一章 在法老面前

那是去恺撒大帝营地冒险后的第二天，西里尔跑进浴室去洗手，他看见安西娅趴在浴缸上大哭。

"喂！"他亲切地说，"怎么了？等你把浴缸灌满，晚饭就要凉了。"

"走开，"安西娅生气地说，"我恨你！我恨你们每个人！"

一时间没人说话。

"我不知道发生了什么。"西里尔小心翼翼地说。

"谁也不知道。"安西娅抽泣地说。

"我还以为你像上星期一样，被水龙头弄伤了手指。"西里尔小心地解释着。

"哦，手指！"安西娅抽泣着说。

"哦，算了，"他不自在地说，"你还没闹够吗？"

"没有，"她说，"快把你那脏手洗干净，真是够脏的，洗完了就赶快走吧。"

安西娅很少发脾气，每当她生气的时候，别人通常都会感到很惊讶。

西里尔贴着浴缸边走到她身旁，把手放到她的胳膊上。

他语气温和地说："别哭了。"然后，他发现安西娅没有完全听他的劝，但是情绪已经不像刚才那么激动了，他笨拙地抱住安西娅，用头蹭了蹭她。

"好了！"他说，"现在，给我讲讲到底发生了什么？"

"你要发誓，你不会笑我。"

"我发誓。"西里尔说。

"好吧，"安西娅靠着西里尔说，"是妈妈。"

"妈妈怎么了？"西里尔关切地问，"她在信中说一切都好啊。"

"没错，但是我太想她了。"

"不只是你，大家都很想妈妈。"西里尔说。

"哦，是的，"安西娅说，"我知道，我们大家一直都很想她，但是我现在特别特别想她，我以前从来没有这么思念过什么人，那个伊莫金在古代英国找到母亲时，她们紧紧地抱在一起！我多希望那是我和妈妈啊！还有今天早上的信！讲到喜欢海水澡的小羊宝宝。看这个浴缸，妈妈离开的前一天，还在这里给小羊宝宝洗澡！哦，老天！"

西里尔拍拍她的背。

"打起精神来，"他说，"你知道我心里在想什么吗？也是有关妈妈的，我们很快就能让她回来了，你快别像小孩子一样哭个不停，去洗洗脸，然后我给你好好讲讲。好样的，你让一下，我也洗洗手。不要哭了，要我把钥匙放在你后面让它滑下来吗？"

"那是骗小孩子的把戏。我没哭，只是鼻子还不舒服，"安西娅说，"我早就不是小孩子了。"她脸上的泪水都擦干了，她也露出了一点笑容。

西里尔用香皂在手上搓出厚厚的泡沫，说："听我说，我一直在想，我们其实总是在用护身符玩耍，我们接下来必须认真起来了，好好利用它的价值。而且，不只是妈妈，爸爸也不在我们身边，我不是在抱怨，但是……哦，讨厌的香皂！"香皂从他手上滑了出去，直接打到安西娅的下巴上。

"看你做的好事，"安西娅懊恼地说，"好啦，我要洗脸了。"

"这下必须洗了，"西里尔说，"我的想法就是这些，你知道传教士吗？"

"知道啊。"安西娅说，这是每个人都知道的事。

"嗯，他们总是给那些土人带去珠子、白兰地、内衣、帽子、背带，都是非常实用的东西，甚至是那些土人都没有听说过的。土人都喜欢他们的慷慨大方，还会回赠许多珍珠、贝壳、象牙，这也是……"

"等一下，"安西娅说，"我听不清你说的话，贝壳和什么？"

"贝壳，还有类似的东西，最重要的是他们通过慷慨待人获

得了别人的尊敬，这也是我们需要做的，下次我们到过去的时候也带些东西。你还记得巴比伦王后看到笔记本时的反应吗？嗯，我们就带些那样的小东西，跟他们交换能见一见那完整的护身符。"

"见一见没什么用啊。"

"不，笨蛋，你还不明白吗，我们看到护身符，就知道它的位置了，然后趁晚上拿着就走。"

安西娅考虑了一会儿说："这不算偷，对吧？哦，吃饭铃响了。"

午餐有三文鱼和生菜，果酱饼。孩子们吃完饭，桌子也收拾干净了，西里尔向大家说明了他们的想法。沙精从沙子里起来，孩子们问他应该带些什么东西才会讨得古埃及人的欢心，还有在古埃及是否能找到护身符。

沙精摇摇头，绝望地伸出他的眼睛。

"我没办法告诉你们，"他说，"我当然用一分钟就可以找出那东西在哪儿，只是我不能这么做。不过我可以说你们带东西过去的主意还不错，带些小东西，先小心地藏起来。"

沙精的建议听起来还不错，没一会儿桌子上就堆满了东西，孩子们把他们认为能引起古埃及人兴趣的东西都搬了出来，安西娅拿来了娃娃、拼图、茶具、印着金字的绿皮箱，这个箱子是艾玛姑姑给她的，以前里面装着剪刀、小刀、发夹、锥子、顶针、螺丝、扣子，里面的剪刀、小刀已经丢了，其他东西还好好地都在。西里尔拿来了士兵、大炮、弹弓、开罐头刀、领带夹、网球、没有钥匙的锁。罗伯特拿出一截蜡烛、一个日式托盘、一个橡皮图章。

简放上了一个钥匙圈、一个铜把手、装香膏的罐子、衣服上的扣子和一把钥匙。

"我们带不走这么多东西，"罗伯特笑着说，"我们每个人挑一件东西吧。"

孩子们整个下午都在挑选小物件的快乐中度过，他们要选出四件最合适的，但问题是他们拿不准主意应该选哪四件，最后，西里尔说：

"听我说，我们蒙住眼睛抓住哪件就拿哪件。"

事情就这么解决了。

西里尔摸到了锁。

安西娅摸到了小箱子。

罗伯特摸到了蜡烛。

简摸到了领带夹。

"这个可不怎么样，"她说，"我觉得埃及人不打领带。"

"没有关系，"安西娅说，"看起来没用的东西，说不定最后能派上大用场。"

"大家准备好了吗？"安西娅问。

"我们要去古埃及，对吗？"简说，"我可不会去不了解的地方，比如说那个有大浪火山的地方。"

他们哄着沙精进到袋子里，西里尔突然说："我说，我可受够了国王，还有宫殿里的那些人，护身符肯定在神庙里，我们就混在普通人当中慢慢找护身符吧，我们可以混到神庙里面去。"

"就像教堂司事，"安西娅说，"他们肯定有许多拿到护身符的机会。"

"没错！"大家都附和道。护身符被高高举起，又变成了一扇大门，门那边透过来闪耀的金光。

孩子们穿过去，嘈杂的声音涌入他们的耳朵。他们从安静的餐厅进入到嘈杂的街道，那里的人们都很愤怒，根本就没发现他们的到来。孩子们慢慢地移到一座房子旁边站着，人群里有男的、女的，还有小孩，他们身上涂着各种颜色的油彩，那些图案都是用小孩子手里的颜料画的。小孩子身上的颜色有土黄色、铁锈红、淡红色、深褐色和黑色。他们脸上都描画着黑色的眉毛、睫毛，嘴唇涂成红色。女人们穿着一种围裙，头上和肩膀上缠绕着布条。男人身上的衣服很少，他们是做体力活的。古埃及的那些小男孩、小女孩什么衣服也没有穿，只在脖子上和腰上戴着一条链子，上面挂着许多装饰品。

每个人都在吼叫。突然有一个声音盖过了其他人的声音，其他人安静了下来。

一个古铜色皮肤的高个子男人，爬到人群旁边的一辆马车上，说："伙伴们、工友们，我们的主人已经残暴统治很久了，我们已经受够了，是谁懒散地霸占着我们的劳动果实？他们给我们最微薄的工资，却过着最奢侈的生活。我们辛勤地劳作，只是为了让他们花天酒地吗？我们必须结束这种生活！"

人群里响起一片欢呼。

"你要怎么做？"有人喊道。

"你要小心啊，"另一个人说，"不然会惹上麻烦的。"

"这些话我都听过，"罗伯特小声说，"上周日在海德公园的时候。"

那个男人继续说："为了更多的面包、洋葱和啤酒，更长的午休时间，我们罢工吧！你忍受着疲劳、饥饿，你是如此的贫穷，你的妻儿也渴望着食物，而有钱人的粮仓快被玉米撑爆了，他们的玉米都是我们用辛勤劳动换来的，我们去粮仓！"

"去粮仓！"一部分人跟着喊，但是另一个声音压过了他们："去找法老！去找国王！我们去向国王请愿！他会倾听穷人的声音！"

一时间他们争执不下，一会儿要去粮仓，一会儿要去宫殿，最后，他们如洪水般一起冲向了宫殿，安西娅发现沙精快被人群挤瘪了。

人群经过挤满低矮房屋的街道，穿过正在营业的市场，罗伯特瞥见有人用一篮子洋葱换一把梳子，用五条鱼换一串珠子。市场里的人看起来比人群中的人要富裕一些，要是放到现在，应该就属于住在富人区的那种人吧。

一个穿着亚麻裙子、头发仔细地梳起来的女士无精打采地问旁边的小贩："发生什么事了?"

　　"哦,是工人们,又不知满足了,"小贩回答道,"听听他们说的,对吃多吃少斤斤计较,真是社会的渣滓!"

　　"没错!"女士说。

　　"这些话我也听过!"罗伯特说。

　　这时,人群中的声音也产生了些许改变,从愤怒到疑惑,从疑惑到恐惧。还有其他的声音在喊叫,他们在挑衅着、威胁着,而且越靠越近,随之而来的还有车轮声和脚步声,有人喊道:"护卫队!"

　　"护卫队!护卫队!"工人们也跟着喊起来,"护卫队!法老的护卫队!"人群骚动了一会儿,再次恢复平静。脚步声越来越近,工人们四散逃开,逃到巷子里、房子前的院子里。装饰着各种图案的战车快速冲过街道,车轮滚过石头街道咔嗒作响,侍卫们蓝黑色的衣服被吹开,在风中飘荡着。

　　"暴乱要结束了,"穿着亚麻裙子的女士说,"真是太好了!你注意到侍卫队长了吗?他真是个英俊的男人啊,真是帅啊!"

　　趁着人群还没散开之前,四个孩子抓紧时间躲进了一道拱门。

　　他们都长出了一口气,互相看着对方。

　　"我们逃出来了。"西里尔说。

　　"是的,"安西娅说,"但我还是希望那些穷人能见到国王,而不是被驱逐，国王或许能为他们做些什么。"

"他如果像《圣经》里写的那个埃及国王，他就不会，"简说，"他会是个心狠手辣的人。"

"你说的是摩西。"安西娅说，"要是约瑟夫，情况就大不同了，我想要看看法老的宫殿，我很好奇那里是不是很像水晶宫里的古埃及宫殿。"

"我觉得我们应该先找到神庙。"西里尔说。

"没错，但是我们应该先认识个什么人，我们能不能跟神庙守门人交个朋友，可以把锁送给他。我不知道哪些是神庙，哪些是宫殿。"罗伯特说，他透过市场看着一栋高大的建筑，那栋建筑高耸入云，旁边的房子显得又矮又小。

这时，他们身后一个温柔的声音问："你们在找阿蒙神庙吗？穆特神庙？还是孔斯神庙？"

他们转过头发现身边站着一个年轻人，他的脸刮得很干净，脚上穿着一双草鞋，身上穿着白色的亚麻衣服，上面绣着各式各样的花纹，手上脚上戴满了镶着宝石的金镯子，手上还戴着戒指，脖子上的金领子缀满了护身符，但是孩子们发现那些护身符没有一个跟他们手上的一样。

"哪一座神庙都可以。"西里尔如实说。

"告诉我你们的任务吧，"年轻男人说，"我是阿蒙神庙的牧师，或许我可以帮到你们。"

"哦，"西里尔说，"我们来自日不落帝国。"

牧师有礼貌地说："不知为什么，我以为你们来自一个奇怪的、偏僻的地方。"

罗伯特说："我们见过许多宫殿，想要换换口味，看一看神庙是什么样子的。"

沙精不舒服地在袋子里扭动着。

"你们为神庙带礼物了吗？"牧师谨慎地问。

西里尔也谨慎地答道："我们带了一些礼物，但是因为其中有一些涉及魔法，所以不能告诉你太多，不过，我们不会白白送出我们的礼物。"

牧师严厉地说："小心你们的言辞，我也会魔法，我会做出你们的蜡像，放在火上烤，同时念出咒语，让你们像那蜡像一样痛苦地消失掉。"

"哼！"西里尔反驳道，"少骗人了！我可以燃起火焰呢！"

牧师惊讶地说："我倒想看看你是怎么做到的。"

"哦，好吧，"西里尔说，"非常简单，你过来，靠近点儿。"

"你不需要做些准备吗？不用斋戒吗？不用咒语吗？"牧师充满了疑惑。

"咒语很简单，"西里尔说，"至于说斋戒，我的魔法不需要那样做，国旗、印刷厂、火药、伟大的大不列颠！升起来吧，火焰，在这小小的木棍顶端燃烧吧！"

他说完那一长串没什么意义的咒语之后，从口袋里拿出一根火柴，挤在他的兄弟姐妹和牧师之间，弯下腰用火柴在靴子上划了一下，然后站起来，用手护住火苗。

"看到了吗?"他骄傲地说，"给，你拿着吧。"

"不了，谢谢，"牧师快速退了几步，说，"你能再做一次吗?"

"可以。"

"那就跟我去法老的宫殿，他很喜欢魔法，他会赏赐给你许多荣誉。我们之间不应该藏着秘密，"牧师小声说，"事实上，我现在因为一次小小的预言失败，失去了法老的欢心。我告诉他叙利亚将会送来一位美丽的公主，然而，哦! 来了一个三十岁的女人! 但是她以前肯定也是个美人，时间只是思维的方式，你知道的。"

孩子们听到这个熟悉的词都很兴奋。

"你也知道这话，对吗?"西里尔说。

牧师说:"这是所有魔法的奥秘，不是吗? 如果我带你们去见法老，那么我预言上的一点点小失误就会被原谅，我就可以请求法老，请他允许你们进入神庙，然后你们就可以四处逛逛，再教教我如何使用你的魔法，我也会教给你我的魔法。"

这个主意听起来还不错，至少在当下似乎比其他主意都要好，所以他们跟着牧师走了。

这里的街道拥挤又肮脏，牧师解释道，最好的房子周围有二十五英尺高的墙，窗户也是非常大的。穷人的房子又小又破，只有一扇门和两扇窗户，还从后面的洞里冒出烟来。

"可怜的古埃及人，他们的房子跟以前比起来没有任何变化。"西里尔小声对安西娅说。

那些房子上面用棕榈树叶盖着，周围有鸡、羊，刚出生的小鸡在黄色的尘土中晃荡，有一只羊跑到了房顶上面，摇头晃脑地啃着干枯的棕榈叶子，每个房子的门上都有些人像或者图像。

牧师说："这些护身符是用来躲避恶魔的。"

"我不太赞同你说的'美好的埃及'，这里比古巴比伦可差远了。"罗伯特对简说。

"啊，去了宫殿你就知道了。"简小声答道。

古埃及的宫殿确实比他们那天见过的任何一个建筑都要宏伟，但是，跟古巴比伦国王的宫殿比起来还是稍稍逊色了一些。他们通过一扇砂岩搭起的大门，穿过一个巨大的广场，广场周围是很高的砖墙。宫殿的大门是钉着铜链的木门。侧边有一扇小门，牧师领着他们从那扇小门进去了。

里面有一个花园，种着几百种树木和开着花的灌木，还有一个养着鱼的水池，池子四周还种着蓝色的莲花，鸭子欢快地在水中嬉戏，简说那些鸭子看起来跟现在的一样。

"这是警卫室、储物室、王后的房间。"牧师给他们一一介绍着。

他们穿过铺着石子的庭院，到了一扇小门前面，牧师对守卫耳语了几句。

"我们太幸运了，"他转过身对孩子们说，"法老现在正在荣誉大殿，不要忘记对法老表示无上的尊敬和仰慕，你们跪拜下来也不为过，还有，不管你们做什么，一定要等得到允许再做。"

罗伯特说："在我爸爸还小的时候，我们国家也有这样的规定。"

大厅外聚集了许多人，守卫试图拦住他们，但是他们吵嚷着推开了守卫。孩子们听到了一些许诺，他们心里直犯嘀咕，这样的诺言会被实现吗？

大厅周围都是画着图的木柱子，屋顶是镶嵌着珠宝的雪松木，大厅中间有一截楼梯，开始的几阶很宽，越往上越窄，楼梯的尽头就是法老的宝座了，法老就坐在那里，头上戴着红白相间的王冠，手上拿着权杖。宝座上还有涂着绚丽颜色的华盖。大厅里还有一圈矮矮的长凳，所有的朋友、亲戚、臣子都坐在那里，靠着身后的软垫。

牧师带着孩子们沿着楼梯一直走到宝座前面，突然他趴到地上，双手向前伸出，孩子们也赶忙学着他的样子趴下，安西娅因为带着沙精，小心翼翼地趴了下去。

"让他们起来吧，"法老说，"起来回答我的话。"

旁边有人过来扶起他们。

"这些是什么人？"法老问道，然后又生气地说，"莱克马拉，你是何居心？我还没有原谅你，你居然敢出现在我的面前?"

"哦,我伟大的王,"牧师说,"您就是太阳神啊,您知道所有神和凡人的思想,您曾预言过,这几个陌生人是来自于日不落帝国的子民,他们知道一种埃及人不知道的魔法,他们还为您带了一些礼物,作为贡品献给您,伟大的法老,拥有着神明般的智慧,诉说着世间的真理。"

"这还不错,"法老说,"礼物在哪里?"

孩子们弯着腰,发现所有人都饶有兴致地打量着他们,他们觉得尴尬极了,赶紧从口袋里掏出锁头、小箱子、领带夹,西里尔喃喃地说:"不过,这些不是贡品,日不落帝国永不进贡。"

一个首领把这些东西拿到法老面前,法老兴致勃勃地看了那些东西,然后对身边的人说:"把这些东西送到国库。"然后,他对孩子们说:

"很微薄的一份贡品,但是很有趣,也有一些价值,那么,莱克马拉,魔法呢?"

"这些来自战败国的子民……"莱克马拉开口道。

罗伯特愤怒地低吼:"你说的都是错的!"

"一个可悲的国家,他们可以在所有人的注视下,用一截干枯的木柴制造出火焰。"

"赶快让我看看他们是怎么做的!"法老说,就像牧师之前说的一样。

196

罗伯特赶紧照做了。

法老很高兴，说："再变些魔法吧！"

"他不会再变其他的魔法了，"安西娅突然说，所有人都看向她，"因为穷人们的呼声，他们要求更多的面包、洋葱和啤

酒，还有更长的午休时间，如果您能满足穷人的要求，他就会变更多的魔法。"

"真是粗鲁的女孩，"法老说，"不过，满足那些贱民的要求吧，给他们更多的休息时间，足够的食物。"

一个衣着华丽的大臣赶忙跑了出去。

"你会成为人民的英雄的，"牧师高兴地对安西娅耳语，"阿蒙神庙的贡品会堆不下的。"

罗伯特又划亮另一根火柴，所有人都发出愉悦的惊叹。罗伯特又从口袋

里拿出一根蜡烛，用火柴点燃，然后举到法老面前。

"哦，太棒了，太阳、月亮、星星都会为之倾倒。"莱克马拉谄媚地说，"您原谅我了吗？我的罪可以被赦免吗？"

法老马上说："我想，像以往一样，去吧，你被宽恕了，下去吧。"

牧师闪电般地跑开了。

"还有，"法老突然说，"那个袋子里是什么东西在动？给我看看，陌生人。"

没办法，他们只好把沙精拿了出来。

"抓住它，"法老不经意地说，"真是只奇怪的猴子，不过，它可以丰富我的野生动物收藏。"

孩子们马上开始哀求，沙精也张大嘴四处啃咬，虽然他们都尽力了，但是都没什么用，沙精就这么从他们眼前被带走了。

"哦，你们小心点儿！"安西娅喊道，"要给他保持干燥！把他装在袋子里面！"

安西娅举起那个绣着图案的袋子。

"他会魔法！"罗伯特说，"他可是无价的！"

简鲁莽地说："你们没有权利这么做！太无耻了，简直就是抢劫！"

周围陷入了可怕的沉默，法老开口了："把那个袋子拿上，然后把他们都关起来。晚饭过后我们再看他们的魔法吧！好好看着他们，暂时不要折磨他们。"

侍卫带着他们离开了。"哦,天哪!"简抽泣道,"我就知道会发生这样的事,哦,你要是没有划着火柴就好了!"

"别说蠢话了!"西里尔说,"你知道,正是你最先提出到埃及来的,闭嘴吧,一切都会好起来的。"

"我以为我们会遇见王后,"简说,"还会玩得很开心,而现在一切都是如此糟糕!"

他们被关在一个房间里面,而不是那种令人害怕的地牢,安西娅说这还比较令人欣慰。墙上挂着许多画,要是在其他时候,这会是很有趣的。房间里还摆着沙发和椅子。当房间里就剩他们几个人的时候,简松了一口气:"我们现在可以回家了。"

"不管沙精了吗?"安西娅责怪道。

"等一下,我有办法了。"西里尔说,他思考了一会儿,然后开始敲打那扇沉重的木门,门开了,一个侍卫伸进头来。

"不要吵,"他严厉地说,"否则……"

"听我说,"西里尔打断他的话,"你在这里看着我们,一定很无聊吧?你想看些魔法吗?我们并不是要在你面前炫耀,你难道不想看看吗?"

"我不介意见识一下你们的魔法。"侍卫说。

"好的,只要你能帮我们拿到刚才那只被抢走的猴子,我们就表演给你看。"

"我怎么知道你们是不是在捉弄我?"侍卫说,"我怎么知道你们是不是只想利用我拿回那只动物,我猜那东西的牙齿和爪

子都有毒吧。"

"哦，你听我说，你看，我们手上什么也没有，你关上门，过五分钟再打开，我们就会给你变出一个插着花的花瓶。"罗伯特说。

"你要是能变出来，你就无所不能了。"侍卫说，然后关上门出去了。

然后，他们拿出护身符朝东面举起，等到它变成拱门的时候，回家到楼梯间的窗台上，把那个装满深红色天竺葵的花瓶拿了过来。

"好了，"侍卫又打开门，说，"我……"

安西娅说："我们还能变更多的东西，只要我们能拿回那只猴子，还有这是给你的两便士。"

侍卫看着那两便士。

"这是什么？"他说。

罗伯特给他解释，用钱买东西比他们在市场里换东西要简单得多，后来，侍卫把这几枚硬币交给队长，然后，队长又拿去给法老，法老留下硬币，并且一直琢磨着这种支付方式，这就是硬币第一次出现在埃及的过程。

"哎呀，"安西娅灵光一闪，"我在想，那些工人怎么样了？法老不会因为生我们的气，出尔反尔吧？"

"哦，不会的，"侍卫说，"你们知道，他很害怕魔法，他绝对会遵守诺言的。"

罗伯特说："那就没事了。"

"啊，把猴子给我们吧，你会看到更多有趣的魔法，求你了，你是多么善良的人啊。"安西娅温柔地说。

"我不知道他们把那猴子放哪儿了，但是如果我能找到其他人替我站岗，说不定我能去找找。"侍卫不大情愿地离开了。

"你的意思是，"罗伯特说，"我们不去找另一半护身符，直接离开吗？"

安西娅发抖地说："我觉得我们只能这么做了，另一半护身符肯定在这里，不然我们的护身符也不会把我们带过来，我也希望能找到它。我们不会魔法真是太遗憾了。我真的很好奇它到底在哪里。"

如果他们知道另一半护身符就在附近就好了，它正挂在某个人的脖子上，这个人正透过墙上的缝隙看着他们，但是他们不知道。

他们焦急地等待着，一个小时过去了，他们试着去看墙上的画，画上的乐手在宴会上弹奏着奇怪的竖琴，还有翩翩起舞的女人，他们检查地上的灰泥，还有涂着白漆的木椅子。

但是，时间依然过得很慢，他们回想着法老的那句话："暂时不要折磨他们。"

"要是实在不行，"西里尔说，"我们就得逃跑了，没法管沙精了，我相信他绝对能照顾好自己。如果他们发现沙精会说话，还能实现愿望，他们就不会伤害他，他们会为他建一座神庙。"

"我决不会丢下他不管，"安西娅说，"而且法老说'晚饭后'，还有一阵子呢，那个侍卫也很好奇，我确定我们暂时没有危险。"

这个时候，门闩的声音似乎成了世界上最美妙的声音。

"如果他没有找到沙精呢？"简小声说。

但是，沙精自己解决了他们的这个疑虑，门刚打开了一条缝，他就蹿了过来跳进安西娅的臂弯里瑟瑟发抖，身上的毛都乍了起来。

"这是它那个花哨的袋子。"侍卫说，手里举着袋子，沙精马上爬了进去。

西里尔说："你还有什么想让我们做的？还有什么需要我们变给你的？"

"你们想变什么就变什么，"侍卫说，"你们刚才都能变出鲜花了，还有什么是你们做不到的？我只想从法老的金库里得到两大箱财宝，这是我梦想已久的了。"

孩子们听到他说"梦想"，就知道沙精能够满足他的愿望，他确实做到了，地板上出现了一大堆黄金和珠宝。

"还有别的花招吗？"西里尔傲慢地说，"要我们隐形？消失？"

"可以，只要你们愿意，"侍卫说，"但是你不可以穿过这扇门。"

他仔细地关好门，还用后背抵住。

"不！不！"天花板上有一个声音惊恐地喊着，然后传来有人移动的声音。

侍卫也感到很惊讶。

"那是魔法，如果你愿意这么叫的话。"他说。

然后，简举起护身符，念出咒语。听到他们的咒语，看到护身符变成拱门，侍卫惊恐地大叫一声，摔倒在那一堆珠宝上。

孩子们熟练地穿过拱门，而简在中间停了一下，转过头看了一眼。

其他人站在餐厅的地毯上，看到简还在拱门里，"有人抓住她了，我们快去帮她。"西里尔说。

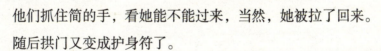

他们抓住简的手，看她能不能过来，当然，她被拉了回来。

随后拱门又变成护身符了。

"哦，我真希望你们没有把我拉回来，"简生气地说，"刚才太有趣了，牧师回来了，他踢了侍卫，他们现在得拿着珠宝逃命了。"

　　"他们跑了吗？"

　　"不知道，你们把我拽回来了，"简说，"我还想看看后面发生了什么。"

　　事实上，他们谁也没有看到故事的结局。

第十二章

被驱逐的小男孩

西里尔坐在餐桌旁，腿不停地晃荡着，他说："大家听我说，我知道了！"

"知道什么？"其他人问道。

西里尔正用小刀和木板做小船，女孩们在给娃娃做暖和的连衣裙，因为天气已经渐渐变冷了。

"怎么，你们不明白吗？我们去古代寻找护身符，一点儿好处也没有，过去都是不同的时代，就像海水里的沙子一样。我们肯定是弄错了时代，再这样下去，我们一辈子也看不到护身符，现在已经是九月底了，这简直就像大海捞……"

"大海捞针，我知道，"罗伯特打断他，"但是，如果不继续回到过去，我们还能做什么？"

"这就是我要说的。"西里尔故作神秘，"哎呀！"

老保姆用托盘端着刀叉、玻璃杯走了进来，又从橱柜里拿出桌布和餐巾。

"每次一说到有趣的事情，就该吃饭了。"

"如果我没有按时把饭送过来，你就有麻烦了，西里尔少爷，"老保姆说，"不要抱怨了，小心还会有更大的麻烦。"

"我没有抱怨，"西里尔违心地说，"但是，真的每次都是这样。"

"你就该遇上点儿事情。"老保姆说，"我每天没日没夜地给你们干活，却一句感谢的话都没听到过。"

"哎呀，您能把所有的事情都处理得非常完美。"安西娅说。

"不管怎样，这是你第一次说这样的话。"老保姆说。

"说了有什么用？"罗伯特问，"我们吃饭速度很快，几乎是两倍速度了，就应该给你看看！"

老保姆围着桌子把刀叉发给他们："啊！你已经长大了啊，罗伯特少爷。我可怜的格林，这些年他一直和我住在一起，每次我问他觉得饭菜怎么样的时候，他除了'可以'之外，什么都不愿意和我说。到他去世的时候，他最后的一句话是'玛利亚，你做的饭一直都很好吃'。"老保姆声音颤抖地说。

"您确实做到了。"安西娅哭着说，她和简马上跑过去抱住她。

等老保姆走出房间，安西娅说：

"我理解她的感受，现在大家听我说，我们去向她道歉，跟她说我们之前忘记告诉她，她做的饭菜是多么可口，她是多么好的一个人。"

"道歉太蠢了。"罗伯特说。

"如果道歉能让别人开心，那就不蠢，我又没让你去负荆请罪，我是说我们去当面向她表达歉意就好了，"安西娅解释道，"我说，去道歉之前，我们还是先别听西里尔的话了，你们同意吗？"

其他人也不好意思不同意，所以大家都表示赞同。晚饭是煎羊肉、黑莓和苹果派，到快吃完饭的时候，四个孩子才商量出一个主意——一个他们认为会让老保姆开心的主意。

西里尔和罗伯特走出去了，他们嘴唇上还沾着果酱，还有罗伯特的袖口上也沾着果酱，他们去旁边的文具店买了一块硬纸板，又去买了一块和硬纸板一样大的玻璃，老板用一把非常有趣的工具切割玻璃，然后又非常慷慨地送给他们一大块油灰和一小块胶棒。

当男孩们在外面买东西的时候，女孩们把粘着照片的卡片泡在热水里，弄下来四张他们的合照。现在，他们把照片放到硬纸板上排成一排，西里尔把炖锅放到炉子上，胶棒放到果酱瓶里，再放到炖锅里，把胶棒融化开，罗伯特在照片周围画了许多花朵，他画得又好又快，安西娅用印刷体写了几句话，简在旁边涂色。她写了："我们爱您，我们觉得您做的饭非常美味。"

涂料干了以后，他们在底下签上了自己的名字，然后把玻璃盖在上面，用胶水在边缘粘上了一圈牛皮纸，又在上面做了

两个挂环。

"好了！"安西娅小心地把礼物放到沙发下面，"再有几个小时胶水就干了，现在，西里尔，开始说吧！"

西里尔从口袋里拿出手帕，擦了擦沾满胶水的手，匆忙地说："好的，我想说的是这件事。"

然后，是长时间的沉默。

"哦，"罗伯特说，"你到底要说什么？"

"是这样。"西里尔说，然后又是一阵沉默。

"什么？"简问。

"如果你们一直打断我，我怎么说？"西里尔有点儿生气了。

这回，没有人再说话了。西里尔皱着眉头组织自己的语言。

"是这样，"西里尔说，"我想说的是，从现在开始应该记下我们为了找护身符做了什么、去了哪里，如果找到了，也应该记下来。"

"没错！"罗伯特说，"但我们并没有找到它。"

"可未来它会在我们手里。"

"会吗？"简说。

"会的，除非我们被沙精戏弄了，那么，我们接下来要去的地方就是我们记得的见过护身符的地方。"

"我明白了。"罗伯特说，其实他根本没明白。

"我没明白，"安西娅说，"你再说一遍，慢一点儿。"

西里尔慢慢地说："我们找到护身符之后，如果我们进入未来——"

"但是，我们先得找到它。"简说。

"别说话！"安西娅说。

"会有这么一个未来的，"西里尔说，其他三个人茫然地看着他，"我们找到护身符之后，有一个时间，我们就去那个时间点，然后我们就会记起我们是如何找到它的。然后，我们就能回来完成寻找的工作。"

"我明白了。"罗伯特说，这一次他是真的明白了。

"是啊，"安西娅说，"哦，你这家伙，真是太聪明了！"

"但是，护身符能满足我们的要求吗？"罗伯特问。

"应该可以的，"西里尔说，"不管怎样，我们应该试一试。"

简着急地说："我们穿上最好的衣服吧，你们知道人们说的社会进步，世界肯定会越来越好，我觉得人类肯定也变得更聪明了。"

"好的，"安西娅说，"我们赶快洗个澡吧，我身上都是胶水。"

大家都收拾干净、换好衣服之后，举起护身符。

"我们要去我们找到护身符之后的未来。"西里尔说，紧接着简念出了咒语，他们穿过拱门后直接进入到大英博物馆。

他们立刻就明白了，他们面前的玻璃盒子里面放着护身符，有他们手上的一半，还有他们一直没找到的另一半，这两半被一个红宝石别针连在一起。

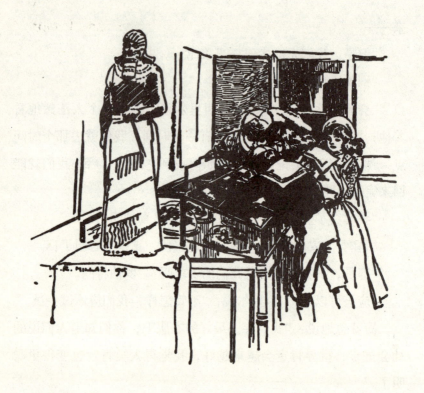

"哦！太棒了！"罗伯特说，"它在这里！"

"是的，"西里尔沮丧地说，"它在这里，但是我们拿不到它。"

罗伯特想起了当时要不是有沙精的魔法，巴比伦王后是不可能从博物馆里召唤出那么多东西的，他说："拿不出来，但是我们记得我们是怎么得到它的，我们可以……"

"哦，我们记得吗？"西里尔悻悻地说，"你记得我们怎么得到的吗？"

"不记得，"罗伯特说，"一点儿也不记得，现在我要好好想想了。"

其他人也都不记得。

"为什么我们不记得呢？"简问。

"我不知道，"西里尔有点儿不耐烦，"我猜是一些愚蠢的魔法规则，我希望学校里面也像数学课一样，开设魔法课程，甚至可以用魔法课代替数学课，那样拥有护身符就有用了。"

"我想知道，我们现在在什么时代？"安西娅说这个博物馆看起来跟他们所见过的没什么差别，只是灯光更明亮一些。

"我们回去，再试一遍吧！"罗伯特说。

"或许博物馆的工作人员可以告诉我们怎么拿到护身符的。"安西娅突发奇想。屋子里一个人也没有，但是，在旁边挂着亚述时期陈列品的房间里，他们看到一个穿着蓝袍子的矮个子男人。

"哦，他们的新制服真好看！"简说。

他们跑过去询问他，那个男人指给他们看玻璃柜旁边的标签，上面写着穷学者的名字：吉米。

"这可不太妙，"西里尔说，"谢谢您。"

"你们怎么不在学校里？"穿着蓝袍子的男人问，"我希望你们没有被除名太长时间。"

"我们才没有被除名！"西里尔不高兴地说。

"好吧，如果我是你们的话，我就不会这么做。"男人说。

孩子们看出来他根本不相信他们，这种不被人信任的感觉还是有些不舒服的。

"谢谢您给我们看了标签。"西里尔说，然后他们就离开了。

他们从博物馆出来，外面耀眼的阳光刺得他们眯起了眼，博物馆对面的房子不见了，那里成了一个大花园，有许多树、鲜花和草坪，里面也没有写着禁止践踏草坪的标语牌。花园里还有许多舒适的椅子、覆盖着玫瑰的凉亭，喷泉欢快地跳动着，泉水飞溅在白色的大理石上，白色的雕塑在树叶间隐隐闪现。那些在树枝间嬉戏的鸽子和他们见过的不太一样，它们光亮洁白得像银子。许多人坐在花园的长凳上，小孩子们在草坪上玩耍，大人们在旁边看着他们。

"这真是一幅温馨的图画。"安西娅说，确实是这样，人们身上的衣服颜色鲜艳，款式简洁大方，没有人戴帽子，只是很多人都带着遮阳伞，树木间挂着彩色的灯。

"我猜，到了晚上他们就会点亮那些灯吧，"简说，"我真希望我们可以留在这里。"

他们沿路往下走，周围的路人都好奇地看着这四个孩子，孩子们也看着他们，因为这些人比他们见过的人要好看，而且他们脸上的表情也很奇妙，孩子们一时间还说不清这些表情是什么意思。

"我知道了，"安西娅突然说，"他们没有烦恼，肯定是这样。"

确实是这样，每个人都看起来十分平静，好像没有什么着急的事情，他们一点儿也不焦虑、烦躁，有几个人看起来似乎很悲伤，但是没有人是担惊受怕的。

尽管那些人看起来很和善，但是，他们对四个孩子很感兴趣，这让孩子们开始觉得不好意思，他们赶快从主干道走下来，走到一条满是灌木的小路上。

就在这条路上，他们在两棵柏树之间发现了那个被驱逐的小男孩，他趴在苔藓里面，他们看到他的肩膀颤抖着。安西娅在他身边跪下来，说："你怎么了？"

"我被学校驱逐出来了。"男孩抽泣着说。

这很严重，只有犯了很严重的错，才会被驱逐。

"你愿意给我们讲讲你做了什么吗？"

"我……我把一张纸撕碎扔到了操场上。"男孩没有抬头，他悔恨地说，"这下你们知道了，肯定不会再跟我说话了。"

"就因为这件事？"安西娅问。

"这就够了，"男孩说，"我今天一天都不能去学校了。"

"我不明白。"安西娅温柔地说。男孩抬起头，翻了个身坐起来。

"这有什么不明白的，你们到底是谁？"他说。

"我们来自一个很遥远的国家，"安西娅说，"在我们国家，乱扔纸片算不上犯错。"

"在这里，"男孩说，"如果大人乱扔纸片，会被罚款，小孩

子就会被学校驱逐一整天。"

"哦，"罗伯特说，"但这也意味着有一天的假期啊。"

"你们一定是从很远很远的地方来的，"小男孩说，"有人和你一起玩耍的才叫假期，如果被驱逐，没有人和你讲话，因为没有待在学校里，每个人都知道你是个被驱逐者。"

"也可能是生病了啊。"

"几乎没有人生病，生病的人身上会有标记，那样每个人都会很和善。我听说有一个小男孩被驱逐的时候，偷了他妹妹的生病标记，后来又因为这件事被驱逐了一个星期。一个星期不能去学校，想想都觉得可怕。"

"那么，你喜欢学校吗？"罗伯特怀疑地问。

"当然喜欢啦！学校是最好的地方，我今年选修了铁路课，学校里有许多模型，而现在就因为撕碎了那张纸，我的课程肯定跟不上了。"

"你能自己选择课程？"西里尔问。

"当然可以，你们到底是哪里来的？怎么什么都不知道？"

"确实不知道，"简果断地说，"所以，你讲给我们听吧！"

"好的，在仲夏节的时候，学校里面全部用花朵装饰起来，这时候你就可以选择第二年的课程了。选择了以后，至少要学一年。当然你还有其他基础课程——阅读、绘画、公民法规。"

"我的老天爷！"安西娅说。

小男孩跳起来，说："哦，快四点了，我只会被驱逐到四点，你们跟我回家吧，我妈妈会把所有的事情都告诉你们。"

"你把陌生人带回家，你妈妈不会生气吗?"安西娅问。

"什么意思?"小男孩问，他把腰带系好，走了出来，又说，"我们走吧!"

大家跟着他一起走了。

街道上宽阔又整洁，街上没有马车，一种没有噪音的汽车在街上穿行着。泰晤士河两边绿树成荫，河水像水晶一样闪闪发光，人们坐在树下钓鱼。到处都是树，街上也没有烟，所有的房子就像在绿色的花园之中。

小男孩带着他们来到一栋房子前面，他的妈妈站在窗边，小男孩冲了进去，他们在门外看到小男孩抱紧他的妈妈，接着他的嘴唇很快地动着，还用手指指点点。

一个穿着绿色衣服的女士走了出来，和善地跟他们讲话，又把他们带进房子里，房子里很简陋，没有什么装饰品，不过里面的东西都很漂亮，比如那个摆着一排瓷器的梳妆台，还有地板上方形的地毯。女士带着他们在房子里参观了一番，中间的大屋子是最奇怪的，墙上用毯子包着，桌椅上也包着毯子，谁在这间屋子里都不用害怕会被磕伤。

"为什么要弄成这个样子? 有神经病吗?"西里尔问。

女士感到非常震惊。

"不! 这是为了保护孩子们，"她说，"你们国家不会没有小孩子的房间吧?"

　　"有托儿所，"安西娅含糊地说，"但是，里面的家具跟普通的一样，不会用布包着。"

　　"怎么可能！"女士说，"你们的国家真是落后！小孩子和大人完全不一样，必须准备一个房间供他们玩耍，而且还要保证他们在里面不会受伤。"

　　"但是，这里没有壁炉。"安西娅说。

　　"有暖气啊！"女士说，"儿童室里怎么可能用壁炉？会烧伤孩子们的。"

罗伯特突然说:"在我们国家,每年有三千多个孩子死于烧伤,我以前玩火的时候,爸爸是这么告诉我的。"

女士的脸瞬间变白了。

"你们国家太可怕了!"她说。

"这些家具为什么包上毯子?"安西娅试着转移话题。

"小孩子们会在房间里跑来跑去,一不小心就可能碰到家具的尖角,会碰伤的!"

罗伯特用手指着额头上的伤疤,这是他小时候在托儿所的家具上撞伤的。

"但是,每户人家都有这样一个房间吗?穷人家也有吗?"安西娅问。

"有小孩的地方就有这样的房间,这是肯定的。"女士说,"你们怎么这么无知!不,不是无知,亲爱的孩子们,你们很精通历史,但是,我觉得你们没有完成公民责任的课程。"

"那像乞丐那样的人呢?"安西娅又问,"那些没有房子的人呢?"

"没有房子的人?"女士重复了一遍,"我真的不明白你在说什么。"

"这里和我们国家完全不同,"西里尔小心地说,"我在书上看到过,伦敦曾经非常不一样,路上不是充满了乞讨的人吗?还有伦敦曾经不是又黑又脏?泰晤士河里不是应该又脏又臭

吗？还有狭窄的街道……"

"你看的书都老掉牙了，"女士说，"你说的这些都是黑暗时期的事了！我丈夫能给你讲得更详细，他学过古代历史。"

"我在这里就没见过工作的人。"安西娅说。

"我们都在工作啊，"女士说，"我的丈夫就是一个木匠。"

"天哪！"安西娅说，"但您是一位贵夫人啊！"

"啊，"女士说，"多么古典的一个词啊！我丈夫肯定会很喜欢和你们谈话的。在黑暗时期，每家每户都有一个冒着黑烟的烟囱，街上跑着那些烦人的马，泰晤士河里扔满了垃圾，还有人们受的苦难，想想就让人觉得心酸。你们会选古代历史这门课吗？"

"不一定，"西里尔有点不自在，他说，"公民责任课会讲什么？"

"你们真的不知道吗？还是你们在假装，为了好玩？好吧，这门课会教你如何成为一个好的公民，什么是你该做的，什么是你不该做的，每个人必须尽心尽力地帮助你的家园成为一个美丽、幸福的地方。有一首简单的儿歌，是教小孩子的——

> 我不能偷窃，我必须学习，
> 我自己挣来，才属于自己，
> 我要好好工作，尽情享受，
> 每一天让世界更美好，

我要待人友善，

决不允许残忍的事情发生，

我要勇敢尝试，

绝不轻易掉泪，

我要保持微笑，

高兴自己就要长大成人，

为我的生活工作，帮助他人，

任何事情都要尽心尽力。"

"这很简单，"简说，"我也能记住。"

"这只是开始，"女士说，"还有好几段呢。"

我不能乱扔垃圾，

不论是纸屑还是食物，

我不能乱摘花朵，

它们是我们大家共享的。

"说到食物，你们饿了吗？威尔斯，去拿些吃的过来。"

男孩跑了出去。罗伯特问："你为什么叫他威尔斯①？"

---

❶ 英国作家威尔斯(1866—1946)，在他众多的作品中科幻小说非常有名。他也是一位改革家。

"这是一个伟大的改革者的名字，你们肯定听说过他吧？他出生于黑暗时期，为人们的生活做出了许多努力，有了他，我们才能过上现在的生活，威尔斯也是个很好的名字，你们觉得呢？"

威尔斯用托盘装了草莓、蛋糕和柠檬水拿过来，大家都开心地吃了起来。

女士说："威尔斯，快去吧，不然你就要迟到了，接不到你爸爸了。"

威尔斯亲了亲她，朝其他人挥挥手，出去了。

"你听我说，"安西娅突然说，"你想不想到我们国家去看看，不会浪费你太多时间的。"

女士笑了起来，简举起护身符念起了咒语。

女士被那扇发光的美丽拱门迷住了，她大喊："多么神奇的魔法！"

"走过去看看。"安西娅说。

女士笑着走过去，但是，当她发现自己站在菲茨罗伊街的餐厅里的时候，就再也笑不出来了。

"这太可怕了！"她大喊，"这地方怎么又黑又丑！"

她跑到窗户边向外看去，天空是灰色的，街道上雾蒙蒙的，对面站着一个忧郁的手风琴演奏者，一个乞丐和卖手表的人在人行道上争吵。路人在人行道上急急忙忙地走过，赶着回家。

"哦，看他们的脸，太可怕了！"她大喊，"他们到底怎么了？"

"他们是穷人，就这样。"罗伯特说。

"就这样是什么意思？他们生病了，他们不快乐！哦，快停下，可爱的孩子们！停下你们的魔法把戏，我已经知道了，求你们快停下来吧！哦，看看他们可怜、痛苦、疲惫的脸啊！"

她的眼里充满了泪水，安西娅给简使了个眼色，简又用护身符变出拱门，带着女士回到她自己的时空，那里的伦敦整洁又美丽，泰晤士河清澈见底，街道上绿树成荫，每个人都开心快乐，丝毫感受不到焦虑和忧愁。

片刻沉默之后……

安西娅深吸一口气，说："我很高兴我们去了那里。"

罗伯特说："我以后再也不乱扔纸片了。"

简说："妈妈一直不让我们乱扔的。"

西里尔说："我想去学公民责任课，不知道爸爸会不会同意，他回来以后我就问他。"

"只要我们找到护身符，爸爸就能回来了。"安西娅说，"还有妈妈和小羊宝宝。"

"我们再去一次未来吧，"简高兴地说，"或许下一次我们就能想起来了。"

他们确实这么做了，这一次他们对护身符说："去有护身符的未来，不要离现在太久。"

　　他们穿过拱门，来到一个宽阔明亮的房间，里面有三扇窗户，对面是那个熟悉的木乃伊棺材，穷学者就坐在窗户旁的桌子前，虽然这时他已满头白发，但孩子们还是一下子就认出了他，他一只手上正拿着完整的护身符。

　　他用另一只手擦了擦额头，孩子们对这个动作再熟悉不过了。

　　"幻觉，幻觉！"他说，"老年人就是容易出现幻觉！"

"你曾经和我们一起去梦境探险，"罗伯特说，"你不记得了吗？"

"我记得，那是我做过的最奇妙的梦！"他说，这个房间的书比老保姆家的还多，还有更多埃及的东西。

"你是从哪里得到那个东西的？"西里尔指着他手上的护身符问。

穷学者微笑着说："如果你不是幻象，你肯定会记得这是你给我的。"

西里尔急切地问："我们是从哪里拿到它的？"

"啊，你一直不肯告诉我。"他说，"你们总是有很多小秘密，亲爱的孩子们！有了你们，那座老房子里才变得生机勃勃，我希望能够更频繁地梦见你们。现在你们已经长大了，跟原来完全不一样了。"

"长大？"安西娅说。

穷学者指着一个相框，里面有四张照片。

"你看那里。"他说。

孩子们看到四个成年人的照片，两位女士和两位先生，他们都是满脸嫌弃的样子。

"我们长大后就是这个样子吗？"简小声说，"太可怕了！"

"如果我们变成了那样，就不会觉得可怕了。"安西娅小声回道，"你要知道，在改变的过程中，你会慢慢地接受自己的样子，但是如果一切突然出现在你眼前，你才会觉得可怕。"

穷学者满是怀念地看着他们，说："让我再好好看看你们。"周围一片沉默。

　　"你还记得我们是什么时候给你护身符的吗？"西里尔突然问道。

　　"你知道的，如果你不是一个幻象，就会知道，是1905年12月3日，我永远都不会忘记那一天。"

　　"谢谢你，"西里尔真诚地说，"真的很感谢你。"

　　"你有了一个新的房间，"安西娅说，她看向窗外，"还有一个多么漂亮的花园啊！"

　　"是的，"穷学者说，"我已经太老了，甚至都不想住到博物馆附近去了，这个地方很美。你们知道吗，我真的很难相信你们是幻象，你们看起来太真实了。你们知道吗？"他突然压低声音，"我只能对你们说，因为我一跟别人提起这件事，他们就会说我疯了，有关你们给我的护身符，它太神秘了。"

　　"它就在那里。"罗伯特说。

　　"啊，我不是说你们找到它的地方很神秘，是这个东西本身很神秘。首先，是你们第一次给我看过那半个护身符之后，我做过的那些神奇的梦！还有我写的有关亚特兰蒂斯的书，有了这本书我才获得了今天的财富与名誉，而这本书也是来自我的一个梦！还有，《罗马入侵时期的英国》，那只是一本小册子，却给人们解释了很多他们原先不知道的事情。"

　　"是的，"安西娅说，"没错。"

"那只是开始。你们把完整的护身符给我之后，啊，你们真的是太慷慨了！后来不知道怎么的，我不再需要什么理论，似乎就明白了古老的埃及文明，而且没有人能颠覆我的理论。"他搓搓手，扬扬自得地笑了，"他们费了好大劲，但就是没办法，他们把这称为理论，但是在我看来，这更像是回忆，我知道，关于阿蒙神庙的神秘祭司典礼，我所知道的都是正确的。"

"我很高兴你拥有了财富，"安西娅说，"在老保姆家的时候，你还是挺穷的。"

"那时我确实很穷，"他说，"但是，现在情况好了很多，这座房子还有美丽的花园。你还记得你曾告诉我要经常锻炼身体吗？我有时就会到花园里散步。哦，我觉得这一切都是你们的功劳，包括那个护身符。"

"我太高兴了！"安西娅说，并凑上去亲了亲他的脸颊。

穷学者声音颤抖地说："这太真实了。"

安西娅温柔地说："这算不上是一个梦，这也是护身符的功劳，这算是另外一个特殊又真实的梦境吧，亲爱的吉米。"

"啊，"他说，"你这么叫我，我就知道是在做梦。我的妹妹，我有时也会梦到她，但是不像现在这样真实。你还记得那天我梦见你给我的那个古巴比伦戒指吗？"

"我们都记得，"罗伯特说，"你是因为有钱了，才离开老保姆家的吗？"

"哦，不是，"他说，"你们知道，我永远都不会做出那样的事的，我离开是因为你们的老保姆去世了，而且……怎么了？"

"老保姆去世了？"安西娅说，"哦，不！"

"是啊，这很平常，这已经是很久之前的事了。"

简又举起了护身符。

她说："快来，回家吧！她可能在我们回去之前就不行了，我们就没法把礼物给她了！快走吧！"

"哦，不要让这个梦这么快就结束！"穷学者乞求着。

"我们也没办法。"安西娅坚定地说，又亲了亲他。

"这涉及生死，"罗伯特说，"再见了，看到你拥有财富和名誉，生活得很开心，我就很高兴了。"

"快走吧！"简不耐烦地喊着，他们一起走了。

他们刚一到家，老保姆就端着茶点走过来，女孩们匆忙跑过去，弄得老保姆差点儿打翻托盘。

"不要死！"简哭着说。

"哦，亲爱的老保姆，不要，不要死！"安西娅也哭着说。

"老天啊，"老保姆说，"我暂时还死不了。天哪！你们到底是怎么了？"

"没事，只要你好好的！"

她把托盘放下，分别抱了抱两个女孩，男孩们也过来拍了拍老保姆的背。

"我这不是好好地活着嘛，"老保姆说，"说什么死不死的！你们在家里坐得太久了，肯定是这样！快出去玩会儿吧！我做饭的时候不要来烦我!"

昏黄的灯光照亮了孩子们苍白的脸。安西娅继续说:"我们很爱你,而且,我们还为你准备了一个礼物,快把它拿出来。"

他们从沙发底下拿出礼物,摆到老保姆面前。

"胶还没干,"西里尔说,"小心点儿!"

"太美了!"老保姆惊呼,"我从来没有见过这么美的礼物!还有你们准备的照片和这些签字,哦,我总是说你们是好孩子,虽然有时候会粗心大意。哦,我从来没有这么高兴过!"

她拥抱了每个孩子。

安西娅轻柔地叫醒沙精,问他:"这是怎么回事呢?我们现在能记起未来的事情,想起在未来见到的东西,还有,我们到了未来,为什么什么都想不起来了?"

"多么愚蠢的问题!"沙精说,"你当然记不起还没发生的事情!"

"但是,未来也没有发生,"安西娅坚持,"我们却记得。"

"哦,那不是发生过的,我的好孩子,"沙精生气地说,"那是一种预示的幻象。你会记得自己做过的梦,对吗?所以,为什么不能记住幻象呢?你们总是理解不了最简单的问题。"

他又钻回沙子里面。

安西娅穿着睡衣下楼去给老保姆一个晚安吻,又看了一眼挂在厨房墙上的礼物。

"晚安,小宝贝,"老保姆说,"小心别感冒了!"

第十三章 **锡岛的海难**

简柔声说:"蓝色和红色混在一起,就成了紫色。"

"并不是每次都是紫色,"西里尔说,"有时候是玫红色,有时候会是普鲁士蓝,如果把朱红和靛青混到一起,就会得到特别丑的深蓝灰色。"

"我觉得,棕黑色就是盒子里最丑的颜色了。"简说着洗了洗手里的画笔。

他们都在画画,老保姆收到他们的礼物感到很开心,所以给他们每个人送了一盒颜料,还给了他们很多旧报纸用来画画。

"棕黑色是从凶猛的乌贼分泌的墨汁中提取出来的。"西里尔说。

"紫色可以用红色和蓝色调出来,也可以从鱼身上提取。"罗伯特说。

"是从龙虾身上提取的吧?"简突发奇想地说,"它们煮熟以后就成红色的了,生的时候就是蓝色的,如果把生龙虾和熟龙虾混在一起，就有了紫色！”

"我可不想把生龙虾和别的东西混在一起。"安西娅发抖着说。

"可是，再没有别的什么蓝色和红色的鱼了啊，"简说，"只能用龙虾了。"

"我宁愿不用紫色。"安西娅说。

"紫色从鱼里面提取出来的时候不是紫色，"罗伯特说，"其实是猩红色，罗马皇帝会穿这个颜色的衣服。"

"你怎么知道的?"西里尔问。

"我从书上看到的。"罗伯特说，语气里带着对自己知识渊博的自豪。

"哪儿看到的?"西里尔问。

"出版的书上啊。"罗伯特更得意了。

"你觉得只要是印出来的东西就是真的?"西里尔生着闷气，"这是不对的，爸爸说过，许多谎言也被印刷出来，尤其是在报纸上。"

"那只是碰巧而已，"罗伯特有些恼了，"我看的不是报纸，是书。"

"看这瓷白色多美丽！"简说，又开始蘸起了颜料。

"我才不信呢！"西里尔对罗伯特说。

"随你的便！"罗伯特回道。

"哦！"安西娅跳起来，大叫，"我受够画画了！我们用护身符去探险吧！这次我们听护身符的。"

西里尔和罗伯特马上表示赞同，简也马上停下手上的画笔，她说，虽然这些颜料很好看，但是画的时间长了，就觉得不舒服。

护身符又被举了起来。"带我们到过去转转，"简说，"随便什么地方，但得是能找到你的地方。"然后，她念出咒语。

下一刻，他们觉得周围都在摇晃，就好像在一条渔船上一样，随后他们就发现，自己确实在一条船上。这条船很奇怪，高高的船舷上有好多孔，船桨从那些孔穿过去，舵手坐在高高的椅子上操控着船桨，船头的形状像是某种动物的头。这艘船停靠在一个平静的海湾。船上的船员皮肤黝黑、身材健壮，留着黑色的胡须和头发。他们身上只穿着一件从胸口到膝盖的袍子，头上戴着一顶小圆帽。他们都忙着手里的活儿。孩子们被深深地吸引，他们甚至都没有去想这里到底是什么地方。船员们太忙了，没时间去注意孩子们，他们把篮子绑到一条很长的绳子上，绳子的末端绑着一块木头，每个篮子里装着蚌壳或是小青蛙。然后，他们把绳子抛进水里，篮子沉了下去，那块木头浮在水上。海湾里还有许多其他渔船，上面的船员也在忙着往水里抛篮子。

"你们到底在做什么？"简突然问一个男人，他看起来很像船长或是监工。那人转过头来盯着简看，他去过很多地方，对这些穿着奇装异服的偷渡者并没有感到特别惊奇。

"捕捞制作颜料的贝壳。"他说，"你们怎么到这里来的？"

"用了一点儿魔法。"罗伯特老实地说。

"这是什么地方？"西里尔问。

"泰尔。"船长说，然后他退后几步，跟其中一个船员悄悄耳语几句。

"现在我们就能了解那些珍贵的鱼类了。"西里尔说。

"但是，我们从来没说过要来泰尔啊。"简说。

"我想，一定是护身符听到了我们的谈话，它肯定是为了满足我们的愿望。"安西娅说。

"而且，护身符也在这里，"罗伯特说，"我们应该能在这样的小船上找到它。到底是哪艘船呢？"

"哦，看，快看！"安西娅突然喊起来，一个船员的胸前闪耀

着红色的光芒，看起来就是另一半护身符。

简开心地打破了沉默。她说："我们找到了！快带着它回家吧！"

西里尔说："说起来容易，他看起来很强壮啊！"

那个船员确实挺壮的，但是，跟其他人比起来还是差一些。

"太奇怪了，"安西娅若有所思地说，"我觉得在哪里见过他。"

"他看起来很像穷学者，"罗伯特说，"但是，他更像……"这时，那个船员看了过来，他的眼神与罗伯特交汇，这时，他们都想起来在哪里见过他了，是莱克马拉，那个带着他们去法老宫殿的牧师，简还看见他劝导侍卫，让他带着法老的财宝远走高飞。

不知道为什么，大家都觉得挺不高兴的。

简指着护身符跟大家说："趁还没发生什么不好的事情，我们快离开吧！"

这时，有人送来了食物，无花果和黄瓜，这还是不错的。

"我明白了，"船长说，"你们来自一个非常遥远的国家，你们出现在我的船上是我们的荣耀，所以你们一定要留到明天早上，我会带你们去见我们的领袖，他非常喜欢远方来的客人。"

"我们回家吧！"简小声说，"那些青蛙都被淹死了，我觉得这里的人很残忍。"

但是，男孩们想留下来，等到早上看绳子被拉起来的情况。

"这就像捕鳗鱼和龙虾的笼子一样。"西里尔说,"我觉得我们要留下来。"

于是,大家都留了下来。

"那里就是泰尔。"船长指着远处的一个小岛说,很明显他想表现得有礼貌一些。那座岛在海上显得有些突兀,岛上有巨大的墙和塔,在大陆上还有另一个城市。

"那里也是泰尔的一部分,"船长说,"那里有商人的娱乐场所、花园和农场。"

"看,看啊!"西里尔突然喊,"多可爱的一艘小船!"

有一艘船正全速穿过这片渔船,船长脸色变了,他皱着眉,眼睛里闪着愤怒的火焰。

"粗鲁的野蛮人!"他喊着,"你说泰尔的船小?它经历过三年的航行,从这里到锡岛的每一个港口,没有人不知道它,它满载着荣誉和财富归来,它的锚都是银的。"

"我们很抱歉,"安西娅说,"在我们国家,我们会在昵称前面加'小',比如,您的妻子可以叫您亲爱的小老公。"

"她要是这么说,我就把她抓起来。"船长咆哮道,但是眉头展开了。

"这是一次好买卖,"他继续说,"为了得到浸染过一次的布匹、玻璃器皿和年轻艺术家雕刻的塑像,在迪索的野蛮国王要我们在银矿里工作,我们在那里得到大量的白银,然后把铁锚留在那里,把银锚带回来。"

"太棒了！"罗伯特说，"继续讲，浸染过一次的布匹是什么？"

　　"你们肯定也是野蛮人，"船长轻蔑地说，"富有的国家都知道最好的布需要经过两次染色，这些布都是用来给国王、祭司和王子做袍子的。"

　　"富商穿什么？"简感兴趣地问，"就是在娱乐场所里的人。"

　　"他们穿浸染过两次的布做的衣服，我们的富商都是王子。"船长又皱起眉。

　　"哦，别生气，我们只是随便问问，我们想了解染色的工艺。"安西娅真诚地说。

　　"哦，是吗？"船长咆哮道，"你们来这里到底有什么目的？我是不会告诉你们染色的秘密的！"

　　他走开了，孩子们觉得受到了冷落，非常难受。而且，那个埃及人一直都在监视着他们的一举一动。当他们躺到一堆斗篷上准备休息的时候，他们还是觉得有人在暗处监视他们。

　　第二天早上，那些篮子被拉了上来，里面装满了海螺壳。

　　孩子们尽量不影响船上人们的工作，船长站在船的另一边，他们跑到一个面色稍微和善一些的船员面前，问了他一个问题。

　　"是的，"他回答，"这些就是用来染布的，这是一种骨螺，他们在西顿港能捕到另外一种，两种还是有些不同的……"

　　"管住你自己的嘴！"船长喊道，船员赶忙闭上了嘴。

这艘收获满满的船缓慢地驶向小岛的尽头，快到防浪堤的港口的时候开始提速。港口里停满了各种船只，西里尔和罗伯特显得很兴奋，而他们的姐妹就没那么高兴了。防浪堤和码头上堆满了篮子，奴隶和船员熙熙攘攘地挤在港口，远处有几个人在练习潜水。

"这里真是棒极了！"罗伯特说，这时一个棕色皮肤的人跳入水中。

"我也这么认为，"船长说，"波斯的采珠人技术也没这么高。我们在海底有一处淡水泉，我们的采珠人潜下去，用皮水袋把淡水带上来！你们野蛮人能做到这一点吗？"

"我觉得不能。"罗伯特说，他多想给船长讲一讲英国的供水系统，那些水管、水龙头，但他还是忍住了。

他们离码头越来越

近，船长匆忙地整理了一下衣服，把头发和胡须都梳理整齐，套上了一件像短袖运动衫似的衣服，系上一条绣花腰带，把一串珠子戴到脖子上，手上套上一枚图章戒指。

"好了，"他说，"我装扮好了，你们要一起来吗？"

"去哪里？"简谨慎地问。

"去见菲利斯，最伟大的船长，"船长说，"我跟你们说过的，他很爱野蛮人。"

这时，莱克马拉走过来，这是他第一次开口说话。

"我在别的地方见过这几个孩子，"他说，"你清楚我的魔力，是我用魔法把他们带到这条船上的。你也知道他们会给你带来多少好处，我能看穿你的想法。请让我和你一起去，看看他们的结局，作为回报，我会施展出之前承诺过你的魔法。"

船长眼神冷淡地看着这个埃及人。

"果然是你做的，"船长说，"我早该猜到的，走吧。"

所以，莱克马拉也跟了上来，女孩们感到不舒服，但是，罗伯特小声说："没事的，有他跟着，我们就能有更多机会接近护身符，而且但凡有任何不对劲，我们立刻就跑。"

这是一个清新又明亮的早上，他们的早餐很好也很特别，他们看到护身符就戴在莱克马拉的脖子上，所有的事情都使孩子们精神为之一振，他们兴高采烈地穿过城市的大门，这扇门不是拱形的，上面是一块特别大的石板。走在街道上会闻到一股大蒜味和鱼腥味混杂在一起的味道，让人觉得不舒服。但是到了工厂那条街上，气味就更难闻了，船长到这里来把晚上收获的贝壳卖出去。

船长在那里讨价还价的时候，莱克马拉突然凑到孩子们身边，轻声说："相信我。"

"我也希望我们可以相信你。"安西娅说。

他又说："你们觉得我是想要你们的护身符，因为这个你们才不相信我？"

"是的。"西里尔直接说。

"但是，你们也想要我的护身符吧！而我信任你们。"

"这还有点儿价值。"罗伯特说。

"我们分别拿着半个护身符，"莱克马拉说，"但是还没有找到把它们连在一起的别针，我们唯一的办法只有团结在一起。护身符一旦被分开，就很难在同一时间、同一地点出现。好好想想吧，我们的利益是一致的。"

孩子们还想再说些什么，船长已经回来了，染料厂厂长也跟了过来，他的头发和胡须很像古巴比伦人，他的衣着打扮和船长一样，不过衣服上的金线和刺绣更多一些。他戴着一条穿着珠子的银质项链，上面坠着一个玻璃护身符，手臂上戴着银手镯和臂环。他敏锐地看着孩子们，然后说：

"我的兄弟菲利斯刚刚从塔尔西斯回来，他正在自己的花房里，也可能在沼泽地里猎熊，他在岸上都快要无聊死了。"

"啊，"船长说，"他可是一个真正的腓尼基人，就像古老的歌谣唱的那样：'泰尔万岁！哦，泰尔统治着海洋！'我马上就过去，把这几个野蛮人带过去。"

"我应该也过去，"厂长说，"他们太奇怪了，对吗？多么可怕的衣服，他们人还这么多！看他们脚上的东西，太丑了！"

罗伯特忍不住想，要是抓住厂长的脚把他掀翻到旁边那个颜料桶里，那得多痛快啊！但是，如果他这样做了，接下来肯定就是一团糟，所以他赶紧克制住自己的想法。

这次在泰尔的探险跟以往的探险有些不同，这一次更平静一些，而且，这次他们清楚地知道，另外半个护身符就在莱克马拉身上。

所以，他们尽情地享受着发生的一切，海岸边整齐排列的船只，骑在驴子上观赏着整座城市，游览长着各种树木的街道，这里就像一座花园一样，开满了各种各样的鲜花。远处是黎巴嫩的群山。最后，他们来到一座房子前面，房子周围种着梧桐树，把这座房子遮盖在阴凉之下。

大家都从驴子上下来，驴子被牵走了。

"这里为什么那么像罗斯维尔？"罗伯特小声说，很快就有人回答他："因为这里是消磨时间的好地方。"

"船长带我们来这样一个好地方，真是太好了。"西里尔说。

"你知道吗，"安西娅说，"这里比我们见过的其他地方要真实多了，好像在乡下度假一样。"

孩子们被带到一个大厅里面，地板上画着船只和海里的猛兽，透过一扇大门，他们能看到一个美丽的花园。

"我愿意在这里住上一个星期，"简说，"每天都可以骑驴!"

每个人都觉得很愉快，即使是莱克马拉都看起来比平常高兴。这时，船长脸上挂着笑容走了回来，房子的主人跟着他一起过来，他沉稳地打量着孩子们，朝他们点了两次头。

"是的，"他说，"我的管家会给你们钱，但是，这个埃及佬，我就不会花那么多钱了。"

随后，两个人走开了。

"这下子就麻烦了。"莱克马拉说。

"怎么了?"孩子们一齐问道。

"我们现在的情况是，"他说，"我们的船长朋友把我们当成奴隶卖出去了。"

大家赶紧聚在一起讨论起来，莱克马拉也被允许加入进来，他建议留下来，因为暂时没有什么危险，而且完整的护身符肯定就在附近。最终他们决定一起留下来。

孩子们受到了热情的招待，但是莱克马拉就不同了，他被派去厨房工作了。

当天晚上，菲利斯——屋子的主人——接到国王的命令离开了，他开启了另一段航行。他走了之后，他的妻子发现这几个孩子是不错的随从，所以让他们一直唱歌跳舞，直到很晚，她说这是为了分散她的悲伤。

当孩子们躺在软垫铺成的床上的时候，简高兴地说："我还挺喜欢当个奴隶的。"

他们被叫醒的时候，天还没亮，一个声音低沉地说："安静，不然一切都完了。"

于是，他们都没敢说话。

"是我，莱克马拉，阿蒙神庙的牧师，"那个声音说，"把我们带来这里的男人又出海了，而且还抢走了我的护身符，我不知道怎么把它拿回来，你们的护身符能使出什么魔法吗？"

大家现在全都清醒了。

"我们可以去追他，"西里尔跳起来说，"不过，他可能也会抢走我们的护身符，而且他还会因为我们跟踪他而大发雷霆。"

"我来负责，"牧师说，"你们把护身符藏好。"

在这个漆黑一片的小房子里，护身符又一次被举了起来，咒语又一次响起。

他们通过护身符来到一艘船上，船在狂风暴雨中剧烈地摇摆，他们抱在一起，一直到天明，西里尔和简都面色苍白。当天边泛起鱼肚白的时候，他们适应了摇晃的甲板，慢慢站起来。菲利斯转过身看到他们几个，这个刚强的冒险家瞬间变得面色苍白。

"老天！"他说，"我从来没有遇过这样的事情！"

"主人，"牧师深深鞠了一躬，然后说，"我们是通过您脖子上的护身符才来到这里的。"

"从没遇过这样的事，"他一直念叨着，"老天啊！"

"这艘船要去哪里?"罗伯特问。

菲利斯说:"你是航海家吗?"

罗伯特不得不承认自己并不是航海家。

"那么,"菲利斯说,"我不介意告诉你,我们要去锡岛,我们知道锡岛的位置,这是只有我们才知道的秘密,这对我们来说很重要,就像你们的护身符一样。"

"是国王让你去的,对吗?"简问。

"是的,"菲利斯说,"他让我和十个勇敢的人,还有全体船员一起航行。你们可以和我们一起去,沿途能看到许多奇迹。"他鞠了一躬,然后离开了。

菲利斯给他们准备了一些早餐。"我们现在怎么做?"罗伯特说。

"跟着他去锡岛,"牧师说,"然后,我们可以让野蛮人帮助我们。我们等晚上的时候袭击他,把护身符从他的脖子上拽下来!"

"我们什么时候能到锡岛?"简问。

"哦,六个月,或者一年。"牧师愉快地说。

"一年?"简大喊。

西里尔依然觉得不舒服,抱着双肩瑟瑟发抖。

罗伯特又说:"听我说,我们可以缩短时间,简,拿出护身符!向护身符许愿,我们要到船距离锡岛二十英里的时刻,那还会给我们腾出时间来商量计划。"

一切都是瞬间完成的，他们又来到同一条船上，太阳正慢慢落到海平面以下，虽然是同一条船，但是船上还是有些变化的，那些船员也不大一样了。水手面色疲惫，衣服也脏兮兮的，孩子们虽然跳过了九个月，但是，船上的其他人是真真切切地经历了这一切。菲利斯看起来瘦了，而且很焦虑。

　　"哈！"他大叫，"护身符把你们带回来了！这九个月来我每天都向它祈祷，现在你们终于来啦！你们能用魔法帮帮我吗？"

　　"你需要什么？"莱克马拉冷静地问。

　　"我需要巨浪把那些跟踪我们的船都掀翻，我们一个月以前遭到了它们的埋伏，然后它们就一直跟着我们，也要找到泰尔的秘密，寻找锡岛的位置。我可以在夜晚甩掉他们，但是今晚没有星星。"

　　"我的魔法无法在这里帮助你。"莱克马拉说。

　　但是，罗伯特说："我的魔法无法带来巨浪，但是我可以告诉你，没有星星怎么逃脱。"

　　他拿出指南针，幸运的是它还能正常运转，这是他花了五便士从同学手上买的。

　　他给菲利斯演示了一下如何使用指南针，菲利斯感到十分惊奇。

　　"你把脖子上的护身符给我们，"罗伯特说，"我就把这个给你。"

　　菲利斯没回答他，开始狂笑，接着一把抓过罗伯特手上的指南针，大笑着扬长而去。

"别难过，"莱克马拉小声说，"我们会找到机会的。"

天色越来越暗，菲利斯蜷缩在一个昏暗的灯笼旁边，着迷地研究着指南针。

没有人知道其他船只是如何航行的，但是，在这浓浓的夜色中，船尾的巡查员突然惊恐地大喊起来："它靠近我们了！"

"可是，"菲利斯说，"我们快到海港了。"他沉默了片刻，突然改变了航向，然后站起来说话。

他说："我的好兄弟们，我们因为国王的指令团结一心展开了这次冒险旅程，而那些狡诈的船只紧跟在我们后面。如果我们上岸，他们马上也会跟过来，只有神知道他们会不会打败我们。如果他们胜利了，就会带着泰尔秘密海岛的消息回到他们卑鄙的国家。我们能允许这样的事情发生吗？"

"绝不！"他身边的六个人高喊着，那些奴隶在下面奋力划桨，听不到他的话。

莱克马拉像一只野兽似的狠狠向他扑过去，喊着："把我的护身符还给我。"他抓住那护身符狠命往下拽，链子啪的一声断了，护身符终于被抢了下来。

甲板摇晃着，菲利斯笑着保持住平衡。

"已经没时间管什么护身符了，"他说，"我们生而为人，我们要为了泰尔的荣誉和尊严，像勇士一样死去！泰尔万岁！泰尔统治着海洋！我会直接把船开向巨龙礁石，我们会为了国家而沉没，这是勇敢之人应该做的事。那些卑鄙的跟踪者会像奴隶一样沉下去。等我们重生之后，他们就会成为我们的奴隶！泰尔，泰尔万岁！"

呼喊声越来越响，下面那些奴隶也喊了起来。

"快，护身符。"安西娅喊着，并把它举起来。莱克马拉也举起他从菲利斯身上夺下来的那一半。船体在狂风中急剧下降，这时两扇拱门在漆黑的夜里同时出现，闪烁着美丽的绿光，这道光刚好照亮不远处的礁石，他们甚至都能看到上面参差不齐的黑色岩石。

"泰尔，泰尔万岁！泰尔统治着海洋！"那些人仍然狂躁地呼喊着这样的口号。孩子们爬过拱门回到菲茨罗伊街的家里，站在客厅里瑟瑟发抖，他们似乎还能听到狂风巨浪的声音、奴隶们高呼的口号声、船撞到岩石上碎裂的声音，还有那些甘愿为国捐躯的勇士们最后的呐喊。

他们把整件事告诉了沙精，"所以，我们又把另外半个护身符弄丢了。"安西娅说。

"真是愚蠢！哼！"沙精说，"那并不是另外一半，它跟你们手上的那半个是一样的！"

"但是，怎么会是一样的呢?"安西娅问。

"哦，当然啦，并不完全一样，你们拿的这一块要更古老一些，你们许愿的时候说了什么?"

"我忘了。"简说。

"我没有忘记，"沙精说，"你说的是'去能找到你的地方'，它就照做了，所以你看到的是相同的半个护身符。"

"我明白了。"安西娅说。

"但是，记住我的话，"沙精说，"那个牧师还会给你们惹麻烦的。"

"为什么，他看起来挺友善的啊。"安西娅说。

"不管怎样，你们还是要提防他。"

"哦，我真是受够了什么护身符，"西里尔说，"我们永远也得不到它。"

"我们会得到的，"罗伯特说，"你不记得12月3日了吗?"

"哎呀!"西里尔说，"我都忘了!"

"简直不敢相信，"简说，"我快难受死了。"

沙精说："如果我是你们，在那之前我是不会再到过去去的，你会发现，避开那个埃及人会安全很多。"

"我们会按你说的做，"安西娅安慰道，"尽管，我还是挺喜欢他的脸的。"

"不过，我猜你并不是真的喜欢他，"沙精打断她的话，"你们等到3日那一天吧，看看到时候会发生什么。"

西里尔和简都觉得不舒服，安西娅总是听沙精的话，罗伯特也没说什么。他们答应了沙精，因为他们几个，包括沙精在内，都无法预料那天到底会发生些什么。

第十四章 内心的愿望

　　四个孩子没有听沙精的劝告，在一个非常潮湿的日子里，他们利用护身符去了一片金黄的沙漠，并在那里找到了巴勒贝克神庙，还在那里遇到了许久未见的菲尼克斯。他们还带着沙精去了赛马场，在那里沙精帮助许多人实现了愿望。最后，安西娅匆匆忙忙地带着沙精回家了，也因此错过了大部分的比赛。还有一次，老保姆跟朋友出去喝茶了，孩子们在家里玩扮鬼的游戏，玩得正高兴，邮递员突然敲门，把简吓得魂都没了。她把信取过来，随手放到抽屉里，这样就不会弄丢了。也正是如此，过了好几个星期，简也没有想起来那些信的存在。

　　他们带着沙精去学校看幻灯表演和演讲的时候，发生了一件好事。演讲内容是有关在南非的士兵们。演讲人在结束的时候说："我希望在座的每个男孩心里都会种下勇气、英雄气概和自我牺牲的种子，我希望你们每个人都会成长为高尚、勇敢、无私、能实现自我价值的人，为了我们伟大的国家，也为了那些无私奉献出生命的士兵们!"

当然,这一切都实现了,这在当地是绝无仅有的事情。

正如安西娅所说,当时演讲者只说了男孩,真是太不幸了,如果他也提了女孩,那她和简就可以不需要任何帮助变得高尚、无私了。但是简说:"我敢说,因为我们美好的天性,我们已经够高尚无私了,只有男孩子才需要魔法帮助他们变得勇敢。"这句话几乎引起一场争吵。

秋雨打在窗户上,所有人都笼罩在阴郁的气氛中,老保姆提出去英国魔术馆的埃及大厅参观。尽管大家有理由认为他们的魔法才是一流的,不过他们依然很喜欢这个主意。

老保姆小心翼翼地数着钱放到西里尔手里,说:"就在皮卡迪利大街,过了马戏团往左走不远就到了,大门外有很大的柱子,看起来很像尤斯顿火车站,不过没那么大。"

"是的,我们知道。"大家齐声说。

他们踏上了旅程。

但是,尽管他们沿着皮卡迪利大街左侧走着,但是一直也没有看到一栋带柱子的建筑。

他们拦住一个步履匆匆的女士,向她问路。

"我不知道,我只去商店。"她说,然后推开他们走了。这更印证了简说过的那句话,大人都那么愚蠢。

最后,还是一位警察告诉他们应该怎么走。

他们朝着朗豪酒店的方向走去,到的时候已经错过了前两个节目，但是刚好赶上最精彩的魔术，看得他们几个惊讶不已。

"如果让那些古巴比伦人看到这些魔术，"西里尔小声说，"那他们的巫师都会惊讶吧！"

"嘘！"安西娅和其他几个观众都提醒他。

罗伯特旁边有一个空座位。当德万特先生用一只只有一个壶嘴的壶倒出各式各样的饮料的时候，所有人都聚精会神地盯着他，这时罗伯特感觉到那个座位上有人。他并没有发现有人坐上去，刚开始那里没人，但是突然某个时刻，那里就有人了。

罗伯特转身看，突然出现在那里的人正是莱克马拉，阿蒙神庙的牧师！

虽然，所有观众的目光都锁定在德万特先生身上，德万特先生也注视着观众，碰巧他更加关注那个空座位，所以，他也看到莱克马拉凭空出现在座位上。

"这个魔术真是精彩极了，"他对自己说，"就在我的眼皮底下，我一定要搞清楚他是怎么做到的。"他从没见过这样的魔术。

这时，许多观众的注意力都转到了这个衣着怪异的古埃及牧师身上。

"女士们、先生们，"德万特先生说，"这是我之前从没表演过的魔术，走廊旁边第二排倒数第三个空座位，你们现在可以看到那里坐着一个真真正正的古埃及人！"

他自己都不知道自己的话是不是真的。

现在，所有人都看着牧师和孩子们，短暂的沉默过后，观众们爆发出热烈的掌声。只有莱克马拉身后的那位女士后退了几步，她知道周围没有人注意她。后来她说起来："这太突然了，让人毛骨悚然。"

莱克马拉发现自己突然成为众人关注的焦点，似乎感到非常不自在。

"离开这群人，"他轻声对罗伯特说，"我有话要对你们说。"

"哦，不，"简小声说，"我还要看腹语的表演呢!"

"你怎么到这儿来的?"罗伯特小声问。

"你们怎么去埃及和泰尔的?"莱克马拉反驳道，"走吧，离开这群人。"

罗伯特生气地耸耸肩，说："真是没办法。"但是，他们都站了起来。

"快看!"后排的一个男人大喊，"他们现在要去后台准备下一个节目了!"

"我也希望是这样。"罗伯特说。

他们离开了，观众们的掌声一直没有停。

到了大厅里，孩子们尽可能帮莱克马拉做了伪装，但是，即使戴了罗伯特的帽子、披上西里尔的斗篷，他在伦敦街头还是很引人注目。他们只好叫了一辆马车，把他们最后的钱都花光了。

在离家还有一段距离的时候，他们就让马车停下，女孩子们先进去引开老保姆的注意力，她们不停地给老保姆讲着那些魔术，又求老保姆给她们泡茶喝。大门开着，这样男孩子们就能趁机把莱克马拉带进去，上楼到他们的房间去。

女孩子们上楼以后，发现莱克马拉坐在西里尔的床上，手放在膝盖上，看起来就像一个国王的雕像似的。

"快过来，"西里尔不耐烦地说，"我们人没到齐，他就不肯开始讲，还有，把门关上，好吗？"

门关上以后，莱克马拉开始说："我和你们的利益是相同的。"

"真有意思，"西里尔说，"如果你穿着这么一身衣服跟着我们四处闲逛，一定会被笑掉大牙的！"

"这是哪个国家？现在是什么时代？"莱克马拉问。

"这里是英国，"安西娅说，"现在大概是距你的年代六千年以后。"

"那护身符，"他沉思着说，"能够赋予人们在时间和空间来回穿梭的力量？"

"大概就是这样，"西里尔粗声说，"听我说，现在是下午茶时间，我们该拿你怎么办？"

"你们拥有一半的护身符，而我有另一半，"莱克马拉说，"现在我们需要做的就是把它们连接在一起。"

"你不用想了，"罗伯特说，"你的一半和我们的一半是一样的。"

"但是，相同的东西不可能同时出现在同一个地方，它们肯定不一样，是一对，"莱克马拉说，"看，这是我的半个。"他拿出来放到床单上，又说，"你们的呢?"

简看了看其他人，也把护身符从脖子上摘下来放到床上，不过放得离牧师很远，这样他就拿不到了，因为他实在是不值得信任。西里尔和罗伯特站在他身边，只要他表现出一点点要抢护身符的动作，他们就会跳到他身上把他压住。但是，莱克马拉没有一点儿动作，而是瞪大了眼睛，其他人也像他一样，被眼前的景象惊得说不出话来。莱克马拉的那半个护身符颤抖着，然后像被磁铁吸住一样，朝着另一半护身符冲了过去，靠得越来越近。然后，就像窗户上的两滴水融合在一起，莱克马拉的护身符滑进了另一半护身符里，看啊! 现在就只有一个护身符了!

"黑魔法!"莱克马拉大喊，跳起来要去抓护身符。但是，安西娅更快一些，抢先一步把它拿起来。与此同时，莱克马拉也被拽了回去。他还没来得及有更多的动作，他的两只手就被罗伯特绑了起来。然后，四个孩子又合力把他的腿绑了起来。

"我认为，"罗伯特喘着粗气打好最后一个结说，"他肯定要抢我们的护身符，所以，我就从储藏室拿了绳子过来，早有准备总不会错。"

女孩子们面色苍白，为他的预见性鼓掌。

"放开我!"莱克马拉狂怒地吼道，"小心我诅咒你们!"

"我们不可能放开你的。"罗伯特说。

"哦，别吵了！"安西娅赶忙说，"他也有拥有护身符的权利，"她举起融合在一起的护身符，"这里面既有他的护身符，也有我们的护身符，我们要一起分享。"

"放开我！"牧师喊着，不停地扭动身体。

"好的，"罗伯特说，"如果你大吵大闹的话，我们就叫警察了，也就是侍卫，告诉他们你要抢劫我们，现在，你能保持安静，听我们说话吗？"

"我会的。"莱克马拉闷闷不乐地说。

但是在跟他讲道理之前，孩子们先在角落里悄悄商量。他们商量了好一阵子，而且非常认真。

后来，安西娅离开其他几个人，来到牧师身边。

她压低声音说："你听我说，我们想要和你成为朋友，也想帮助你，我们做一笔交易，让我们团结一心去寻找完整的护身符，那样我们就共同拥有了它，然后就可以实现我们的愿望了。"

"花言巧语。"牧师说。

简说："你没看出来我们想要公平地解决这件事吗？我们只想和你进行公平地交易。"

"你愿意和我们公平交易吗？"罗伯特说。

"我愿意，"牧师说，"以阿蒙塔下的神圣名字的名义起誓，我会和你们公平交易。你们也会为我们的合作关系宣誓吗？"

"不，"安西娅马上说，显得有些粗鲁，"在英国，除了在法庭上，我们是不会宣誓的，但是，我们既然做出了承诺，就一定会做到。你相信我们，我们也相信你。"她解开了牧师脚上的绳子，男孩子们赶快过去解开他胳膊上的绳子。

绳子都解开以后，牧师站起来伸了伸胳膊，大笑起来。

他说："我现在比你们强壮了，我的誓言也是无效的，根本没有什么阿蒙塔下的神圣名字。"

"哦，当然有的！"床底下一个声音说。大家吓了一跳，吓得最厉害的是莱克马拉。

西里尔弯下腰把沙精的盆子拉出来。沙精站在边上，抖了抖身上的沙子，说："即使你是阿蒙神庙的牧师，但是，你什么也不知道。阿蒙塔下确实有一个神圣的名字，需要我念出来吗？"

"不，不，别念！"牧师恐惧地喊。

"不要，"简也这样说着，"别再说什么奇怪的名字了。"

牧师褐色的皮肤已经变得苍白，他说："刚才我想说的是，就算那里没有任何名字……"

"有的。"沙精语气不善。

"好吧，即使没有，我也会遵从你们国家奇怪的誓言，我说过会成为你们的朋友，我会做到的。"

沙精说："这就对了，喝茶的时间到了，你们打算怎么处理他？他可不能就这样走下去喝茶，你们知道的。"

"你也知道，12月3日之前我们什么也做不了，"安西娅说，"到那时，我们就能找到完整的护身符了。在那之前我们能怎么办呢？"

"储物室，"西里尔飞快地说，"我们可以偷偷拿吃的给他，这貌似还挺有趣的。"

"好像窝藏逃亡的骑士不被人发现一样！"罗伯特说。

于是，莱克马拉被藏到了储物室里，他们用一个板子和一张旧床给他弄了一个舒服的藏身处。他们吃茶点的时候，也给他带了一些，他一点儿也不喜欢茶，不过他很喜欢面包、蛋糕和黄油。到了傍晚的时候，他们就轮流陪着他。晚上他一个人就能安心地睡觉了。

但是，当早上他们拿着腌鱼去储物室的时候，莱克马拉不见了！那里的东西还是原来的样子，但是，莱克马拉却没影了！

"总算摆脱他了！"一开始每个人的脑袋里都这么想着，然后就觉得没那么高兴了，因为他们记起来，莱克马拉的护身符被他们的护身符吞掉了，现在挂在简的脖子上，他肯定没办法回到埃及去，所以他现在肯定还在英国，而且很有可能就在他们附近，等着要使什么坏。

为了避免出错，他们还去阁楼上找了一圈，但是什么也没有发现。

西里尔说："我们现在能做的只有立刻用半个护身符去寻找完整的护身符，然后再回来。"

"我不知道，"安西娅说，"这样公平吗？他可能不是一个骗子，或许是他遇上了什么事情。"

"出事？"西里尔说，"不可能！能出什么事？"

"我不知道，"安西娅说，"或许晚上家里进贼了，不小心杀了他，然后为了不被发现，把他的尸体带走了。"

"还有可能，"西里尔说，"他们把尸体藏起来，放到储物室的大箱子里。我们要回去再找找吗？"

"不，绝不！"简浑身发抖，"我们去找沙精商量一下吧！"

"别，"安西娅说，"我们去找穷学者吧，如果莱克马拉真出了什么事，穷学者的建议肯定比沙精的更有用，而且穷学者只会认为他又做了一个梦。"

他们敲响了穷学者的门，然后里面说："请进。"穷学者正坐在桌前，桌子上摆着的早餐一点也没动。

在他对面坐着的正是莱克马拉！

"嘘！"穷学者认真地说，"请保持安静！不然梦就醒了，我在学习……哦，刚才的一个小时里我学到多少东西呀！"

牧师说："天蒙蒙亮的时候，我离开了我的藏身之地，发现了这个摆满我们国家宝物的房间，就留在了这里，我在这里找到了回家的感觉。"

"我知道这只是个梦，"穷学者兴奋地说，"但是，哦，天哪！多么棒的一个梦啊！天哪！"

"不要呼唤天神，免得触犯天神。"牧师对孩子们解释道，

"他和我已经像亲兄弟一样了，他的宝物对我来说一样重要。"

"他已经告诉我了。"穷学者刚要开始说，就被罗伯特打断了，现在顾不上讲什么礼仪了。

"你告诉他护身符的事了吗?"他问牧师。

"没有。"莱克马拉说。

"那现在告诉他吧，他非常博学，或许他能告诉我们该怎么做。"

莱克马拉犹豫了片刻，把事情讲了一遍。说来也奇怪，后来说起来的时候，孩子们谁也记不起他当时说了什么，可能是他用了什么魔法，防止他们记住吧。

他说完以后，穷学者用手肘抵住桌子，沉思了片刻。

"亲爱的吉米，"安西娅轻轻地说，"别担心，不管怎样，我们今天一定会找到它的。"

"是的，"莱克马拉说，"即使是献出生命也要找到。"

"它会帮我们实现内心深处的愿望。"罗伯特说。

"谁知道呢，"牧师说，"在漆黑的大门之外会有怎样意想不到的事情?"

"哦，不要说了!"简快被吓哭了。

穷学者突然抬起头。

他建议道："为什么不到过去试一试呢? 去护身符没有被保护起来的时代，那样会好找很多。"

这简直是世界上最简单的事情了! 然而他们之前却一直没

有想到。

"走吧，"莱克马拉跳起来说，"现在就出发！"

"我……我能去吗？"穷学者怯怯地问，"这只是一个梦，对吗？"

"走吧，欢迎你，我的兄弟。"莱克马拉说。

但是，西里尔和罗伯特却说："不可以。"

罗伯特又说："你没和我们一起去过亚特兰蒂斯，要不然你就会知道最好不要让他去。"

"亲爱的吉米，"安西娅说，"请不要提出这样的请求，我们很快就能回来，你还没来得及感觉我们走，我们就回来了。"

"他也去吗？"穷学者问。

"我们必须一起行动，"莱克马拉说，"因为我和这几个孩子必须公平地享有护身符。"

简举起护身符，莱克马拉先从拱门走了过去，四个孩子随后跟上。

穷学者看到拱门的另一边闪着微微的光，他揉了揉眼睛，但是只揉了十秒钟。

孩子们和牧师来到了一个漆黑的小房间，微弱的灯光从一扇巨石堆成的门透过来，还伴随着唱诵赞歌的声音。他们站在那里听着，歌声越来越欢快，灯光也越来越亮，就好像往火堆里加了汽油似的。

"我们在哪里？"安西娅小声问。

"这是什么年代?"罗伯特也问。

"这是一切信念开始的神殿,"牧师颤抖着说,"我们拿上护身符赶紧走吧,这里太冷了。"

简的手放到了一块石板上,她好像摸到了护身符,但是比她脖子上挂的那个大概要厚一倍。

"在这里！"她说，"我找到了！"她激动得声音都有点变了。

"我们快走吧！"莱克马拉又说。

"我想我们应该好好参观一下这座神庙。"罗伯特有不同的意见。

"快走吧！"牧师催促道，"这里充满着死亡的气息，还有强烈的魔法，你们听。"

那吟诵的声音似乎越来越响亮，灯光也越来越强。

"他们来了！"莱克马拉喊，"快，快点，走吧！"

简举起护身符。

"你怎么还在揉眼睛！"安西娅说，"你没看到我们已经回来了吗？"

穷学者盯着她看。

"安西娅！简！"这是老保姆的声音，比平时的声音高出好几个度。

"哦，有麻烦了！"每个人都这么说。西里尔说："你只是做了一会儿梦，吉米先生，我们直接就回来了。我们如果不够快的话，老保姆就会上来了。她可不会认为莱克马拉是个梦里的人。"

他们一起下楼了，老保姆在大厅里站着，一只手拿着一个橘色的信封，另一只手拿着一张粉色的纸。

"你们的爸爸妈妈要回来了！11时15分就到伦敦了，信里面要求给他们准备房间！信上有他们两个的名字！"

"哦，太好了！万岁！万岁！"男孩子们和简欢呼起来，但是安西娅喊不出来，她激动得快哭了。

"哦，"她喃喃地说，"这是真的，我们终于实现了愿望！"

"但是，他们说的是什么信，"老保姆说，"我之前没收到信啊。"

"哦，"简声音怪异地说，"是不是那些……你们记得我们玩扮鬼游戏的那天晚上，我把信放到抽屉里了，"她边说边去拉开抽屉，"看，就在这里！"

那里有两封信，一封是给老保姆的，另一封是给孩子们的，信里面说爸爸完成了采访的工作，马上就会回来，妈妈和小羊宝宝去意大利和他碰头，然后他们一起回家，妈妈和小羊宝宝都很好，他们到时候会发电报告知他们具体回家的时间。

"我的老天爷啊！"老保姆说，"要不是你这个粗心鬼，我就有更充裕的时间做准备了。"

"哦，别担心，"简上去抱了抱她，说，"这一切都太美妙了，不是吗?!"

"我们大家都会帮你干活的，"西里尔说，"楼上还有些事需要我们处理一下，等料理好了以后，我们就下来帮你。"

"你们去吧，"老保姆开心地笑着，"你们肯定会是好帮手的，现在已经十点了。"

楼上的事情确实需要他们处理，还是很重大的事情，而且花费的时间比他们预计的要长很多。

他们把沙精带到了男孩的房间里，这让沙精非常生气。

"他再生气也没关系，"安西娅说，"必须让他见证事情的终结。"

"穷学者看到他肯定会吓得昏厥的。"罗伯特说。

当莱克马拉向他说明沙精时，穷学者大叫："这梦境越来越精彩了，我以前梦见过这个怪兽。"

罗伯特说："现在，简拿着半个护身符，完整的在我手里，拿出来吧，简。"

简把半个护身符解下来放到桌子上，罗伯特也把完整的护身符放上去，穷学者伸出手想去拿起来，被安西娅制止了。

就像之前发生过的那样，那半个护身符抖动着，像被磁石吸引了一样，穿过桌子朝完整的护身符滑了过去，两个护身符又像两滴水一样融合在一起，这下子，孩子们的护身符、莱克马拉的护身符和完整的护身符都融在了一起，看啊，现在就只有一个完整的护身符了！

"这下就好了！"沙精打破了沉默。

"是的，"安西娅说，"我们也实现了愿望，爸爸妈妈他们今天就要回来了。"

"那我呢？"莱克马拉说。

"你的愿望是什么？"安西娅问。

莱克马拉毫不犹豫地说："高深的学识，比与我同时期的那些人都要广博高深的学识。但是，高深的学识又有什么用呢？

我回去以后，谁会相信我说的关于未来的事情呢？就让我留在这里吧，作为一个伟大的史学家，过去发生的事情我都了如指掌，不用向你们的学者一样去猜测，而且，猜的大部分都是错误的。"

"如果我是你的话，"沙精说，"我会先询问一下护身符的意见，在一个不属于你的时代生活，是一件很危险的事情，贸然行事会要了你的命。我们围成圆圈，问一问护身符吧！"

穷学者大叫："多么神奇的梦！亲爱的孩子们，这一切都太梦幻了！"

他们围成圆圈，简念出了咒语，周围的光线和声音立刻消失了，就好像他们瞬间失去了视觉和听觉似的。

在这无尽的黑暗和沉默中出现了一道微弱的光，一个声音开始吟唱，大家都垂下目光看着护身符。

那个声音说："你们想知道什么？"

没有人敢说话。

罗伯特突然开口："我们应该怎么安排莱克马拉？他应该用护身符回到他自己的时代，还是……"

那个声音说："现在，无论是谁都不能利用护身符穿越时空了，只有在护身符残缺的时候，才能用它来穿越时空，但是，可以用护身符看到之前的事情。"

安西娅说："非常感谢您，沙精说莱克马拉不适合在这里生活，如果他回不去……"她停下来，心跳得非常快。

"任何人都无法在不相符的时空活下去，但是，灵魂可以永存，如果在这个时空可以找到相似的灵魂提供避难所，那么他们的灵魂就可以共存于同一个身体里面。"

孩子们丧气地交换了眼神，莱克马拉和穷学者互相看着对方，他们都从对方的眼神中看到了很多东西。

安西娅看了看他们两个，说："哦，吉米的灵魂和莱克马拉的一点儿也不一样，我确定这一点。我无意冒犯，但是确实不一样，吉米的灵魂像金子一样美好，而……"

"只有美好的事物才能通过我的拱门，如果他们两个愿意，

264

就念出咒语，让他们的灵魂永远融合在一起。"

"我可以念吗?"简问。

"可以。"

"可以。"

穷学者和莱克马拉都急切地表达了自己的意愿。

于是，简从罗伯特手上拿起护身符，举在两个男人之间，最后一次念起了咒语。

护身符变成了两扇拱门。

"一扇门代表着阿蒙神庙，"简小声说，"就是他担任牧师的地方。"

"嘘!"安西娅说。

"走吧!"莱克马拉大喊，伸出他的手。

"走!"穷学者也喊着，伸出自己的手。

他们朝着闪光的拱门走了过去。在拱门的魔力下，莱克马拉颤抖着靠近穷学者，就像两滴水融合在一起一样，阿蒙神庙的牧师——莱克马拉被吸到并融入了穷学者的身体里。

突然，十二月的阳光又洒进了房间，周围的浓雾像梦一样消散了。

护身符还在简的手上，罗伯特、西里尔、安西娅、沙精、穷学者都在那里，但是，莱克马拉，或者说莱克马拉的身体消失了，而他的灵魂……

"哦，太可怕了!"罗伯特喊着，穷学者脚边有一条像手指那么长的蜈蚣蠕动着，罗伯特走过去一脚把它踩死了。

沙精说："那就是莱克马拉灵魂中邪恶的那部分。"

大家又陷入了长久的沉默。

简最后说："那么莱克马拉现在就在他身体里了？"

沙精说："是莱克马拉灵魂中好的那部分。"

"他也实现了愿望。"安西娅说。

沙精说："他的愿望是你们手上拿的护身符。"

"我们也已经实现了愿望。"安西娅轻声说。

"是的，"沙精好像比之前任何时候都要生气，他说，"你们的父母回家了，而我又得到了什么？我会被发现的，会被拿去展览，我还会被带到国会，那个破地方，一点儿沙子也没有，全是烂泥。沙漠里美丽的巴勒贝克神庙，那里都是优质的沙子，我希望我可以在那里定居！"

"我也希望如此。"穷学者彬彬有礼地说。

沙精的身体膨胀了起来，他的眼睛转过来最后看了安西娅一眼，然后消失了。

一阵沉默之后，安西娅说："好吧，我猜他一定很开心，他最关心的东西就是沙子了。"

"我亲爱的孩子们，"穷学者说，"我必须去睡觉了，我刚做了一个异常离奇的梦。"

"我希望那是一个美梦。"西里尔真诚地说。

"是的，我感觉自己重生了，完全是一个新的人。"

楼下门铃响了，门打开了，有说话的声音。

"他们回来了！"罗伯特说，四个孩子都激动不已。

安西娅从简手上抢过护身符，塞到了穷学者手里，说："拿着，这是你的东西，是我们送你的礼物，因为你也是莱克马拉，我是说，因为你真的是个好人。"

她真诚地拥抱了穷学者，然后他们四个就冲下楼梯，大厅里有个出租马车车夫正往里面搬着箱子，他们的爸爸、妈妈和小羊宝宝正站在那里！

穷学者站在那里说："天哪！多么珍贵的礼物！亲爱的孩子们！一定是他们的爱感染了我，我似乎能看到很多不一样的东西了！亲爱的孩子们！"

图书在版编目(CIP)数据

护身符的故事/(英)伊迪丝·内斯比特著;(英)
哈罗德·罗伯特·米勒绘;刘红阳译.—杭州:浙江
少年儿童出版社,2019.6
（内斯比特儿童幻想小说）
ISBN 978-7-5597-1346-9

Ⅰ.①护⋯　Ⅱ.①伊⋯　②哈⋯　③刘⋯　Ⅲ.①儿童小
说－长篇小说－英国－现代　Ⅳ.①I561.84

中国版本图书馆 CIP 数据核字(2019)第 072177 号

内斯比特儿童幻想小说

护身符的故事
HUSHENFU DE GUSHI

[英]伊迪丝·内斯比特/著

[英]哈罗德·罗伯特·米勒/绘

刘红阳/译

特约策划　稻草人童书馆
责任编辑　金晓蕾
装帧设计　艺诚文化
封面绘图　魏　宾
责任校对　苏足其
责任印制　王　振

浙江少年儿童出版社出版发行
　（杭州市天目山路 40 号）
浙江超能印业有限公司印刷
全国各地新华书店经销
开本 880mm×1230mm　1/32
印张 8.5
字数 161500
印数 1—8000
2019 年 6 月第 1 版
2019 年 6 月第 1 次印刷
ISBN 978-7-5597-1346-9
定价：29.00 元
（如有印装质量问题，影响阅读，请与购买书店联系调换）
　承印厂联系电话：0573-84191188